U0037382

斜
しゃよう
陽
EX-LIBRIS
©DEE TEN PUBLISHING CO.

斜陽

しゃよう

太宰治／著
Dazai Osamu
周敏珠／譯

笛藤出版

關於作者

太宰治在他三十餘部的作品中，採用近乎凌虐式的質疑與解剖的寫作手法，對自我和日本社會的陳腐、虛偽與罪惡進行一次次深刻的挖掘。

太宰治誕生於一九〇九年六月十九日，日本青森縣北津輕郡金木村，本名津島修治。兄弟姐妹共十一人，太宰治排行第十，兄弟中排行第六。津島家在當時是青森縣的地方名紳。其父親津島原右衛門曾擔任眾議院議員、貴族院議員，同時經營銀行與鐵路。母親體弱多病，太宰治自小便在姑母及保母的照顧下長大，這對太宰治的生涯有著不容小覷的意義。幼年時期缺少母親的陪伴，導致太宰治身陷自卑疏離與虛矯冷漠的困境中，那份身為富家之子的誠惶誠恐，使他無法擺脫出身的內疚與罪孽，自始至終都隱藏在他的內心深處。

一九二三年，入學青森縣立青森中學，同年父親去世。

一九二七年就讀弘前高中（現在的弘前大學）。中學時期的他成績優異，在校友會誌及同學編製的同人雜誌發表小說、雜文和戲劇。傾倒於芥川龍之介、泉鏡花的文學作品。同年芥川的自殺，帶給了太宰治相當大的衝擊與影響，後來深陷馬克斯思想的困惑自殺未遂。

一九三〇年進入東大法文科，初會井伏鱒二，奉其為終身之師。然而漸與非法的左翼運動有了交集，忙於參與共黨活動而怠惰學業，致使不斷的被留級最後革除學籍。然而懷抱著熱情與悲憫本質的人，注定無法生存於政治界，從左翼運動中體會到的絕望與人際關係上的挫折，導致其不斷追求自我毀滅之道。

一九三五年因短篇《逆行》成為第一屆芥川賞的候選作品，被認為是新進作家。後來接連出版多部帶有哀切抒情的作品集《晚年》、《虛構的徬徨》、《二十世紀旗手》、《女生徒》。

一九三九年（太宰治三十歲）在井伏鱒二的作媒下與石原美和子結婚，暫時進入了安定的生活。隱藏著青春期陰沉的悔恨，帶著中年生活者的自覺，繼續維持家庭與鑽研文學，發表了《滿願》、《快跑！梅樂斯》、《越級訴訟》等多部著名作品。並於同年秋天以《女生徒》一書榮獲第四屆北村透谷獎。

一九四一年，長女園子誕生。經北芳四郎的鼓勵，重返十年不見的金木村老家。次年母親病危，偕妻返家照顧母親，並發表《新哈姆雷特》、《千代女》、《控訴》、《風的訊息》等著作。

一九四四年，陸續發表《裸川》、《佳日》，《佳日》被東寶電影公司拍成電影。八月長男正樹誕生，婚後處於安定期的太宰治收起了早年支離破碎的文體，呈現出明朗、溫柔、充滿善意的風格，但對於敏銳沉靜又執著的太宰治而言，這段安定期卻只是他晚期淒絕的自我毀滅前的熱身。這段期間正是日本帝國有史以來最狂飆的時代，一方面中日戰爭面臨膠著狀態，另一方面太平洋戰爭又起，整個日本都籠罩在自信滿滿、試圖以鮮血征服世界的氛圍中，這場充滿虛浮野心與頓挫悲情的戰爭，反而彰顯太宰治自苦自毀下的理性與銳利。

一九四七年《斜陽》成書，可說是集太宰治文學作品之大成，作品中亦預告了太宰治自裁的結局。

一九四八年以《如是我聞》再度震驚文壇，並開始著手寫《人間失格》，直到《第二手記》完成。隨著肺結核的惡化，太宰治感到疲憊並時常吐血，最終於六月十三日深夜與情婦山崎富榮在玉川上水投水殉情結束了他消沉多感的一生。

太宰治始終沉浸在判離舊價值觀的憧憬中，以輕淺卻生動的文字揭露無可救藥的媚俗性，然而弔詭的是他卻迫不及待地落入大和民族另一個根深蒂固的傳統——在絢爛顛峰下的凋零之美。

目次、

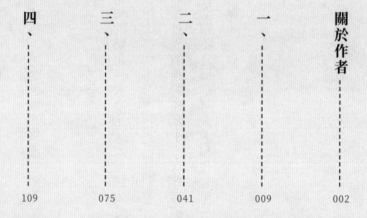

一、

「所謂的裝模作樣，就是和高雅端莊毫不相干且卑賤的虛張聲勢！本鄉附近到處都掛著『高級』寄宿所出租的招牌，其實那些什麼貴族，大多數都像『高級』乞丐一樣呢，真正的貴族才不會像岩島那麼庸俗！」

早晨，在飯廳裡輕巧地啜飲一匙湯的母親突然「啊！」地低叫了一聲。

「有頭髮嗎？」

該不會是湯裡有什麼怪東西吧？

「不是。」

母親儼然什麼事都沒發生般，繼續飛快地舀起一匙湯送入口中，若無其事地將臉別向一旁，望著窗外盛開的山櫻花，就這樣頭也不回繼續飛快地將一匙湯送進小巧的唇間。「飛快」這形容詞對母親來說，絕對一點也不誇張。母親的喝法和婦女雜誌上刊載的優雅用餐禮儀大相逕庭，但弟弟直治曾一邊喝酒、一邊對我這個姊姊說：

「不能因為有爵位就覺得是貴族喔！像有人即便沒有爵位，卻是擁有『天爵』的出色貴族，也有像我們這樣空有爵位的人，說什麼貴族？簡直和賤民沒什麼兩樣！像岩島（直治提到了他那身為伯爵的學伴）那種人，不覺得他根本比在新宿花街拉客的人還低賤嗎？最近柳井（也是弟弟的學伴，子爵的次子）的哥哥結婚了，那混帳東西，竟然還穿了燕尾服！真不知道在搞什麼，原來那種場合有必要穿燕尾服出席喔？這還不打緊，在席間致詞時，那個傢伙竟然還說出『是也』這種奇怪的話，我都快吐了。所謂的裝模作樣，就是和高雅端莊毫不相干且卑賤的虛張聲勢！本鄉附近到處都掛著『高級』寄宿所出租的招牌，其實那些什麼貴族，大多數都像『高級』乞丐一樣呢，真正的貴族才不會像岩島那麼庸俗！就連我們家，要說到真正的貴族，大概也只有媽媽了吧！媽媽才是如假包換的貴族，有無人能及的地方！」

就連喝湯，一般我們都是微低著頭面向湯盤，接著橫拿起湯匙舀湯，直接橫著湯匙、將湯送入口中。不過，媽媽卻是將左手手指輕靠在桌沿，上半身挺直，臉筆直地向前，幾乎不看湯盤，橫拿著湯匙輕快地舀起湯，讓人不禁想用燕子來形容般，輕巧靈活地將湯匙與嘴角呈直角狀，湯就順著湯匙的尖端流入唇齒之間。接著，繼續若無其事地左顧右盼，而手上的湯匙，飛快靈巧得像燕子揮舞小小的翅膀般，湯匙中的湯從不曾灑落過一滴，也不曾發出丁點兒喝湯或碗器撞擊的聲音。或許這樣並不符合所謂「正式禮儀」的用餐方法，可是，在我的眼中卻是非常、非常可愛，甚至覺得這才是真正優雅的用餐方法。而且事實上，像飲品這類的食物，直接流入嘴裡品嚐，反而特別美味。然而，因為我就像直治所說的高級乞丐，根本沒辦法像母親那般輕巧且毫不做作地使用湯匙，所以只好放棄，仍然低頭面對湯盤，尊照那種所謂的「正式禮儀」以陰陽怪氣的喝法喝著湯。

不只是喝湯如此，其實母親的用餐法也和正式的禮法有很大的出入。當肉品料理上桌時，母親會用刀叉迅速地將肉全部切成一小塊、一小塊，然後放下刀子，直接用右手拿叉子，一塊一塊地叉起肉來，開心地細細享用。若是帶骨的雞肉，當我們還在為了如何不讓碗盤發出聲音，拚命努力將肉從骨頭上剔下來時，母親已毫不介意地用指尖抓起骨頭，直接用嘴巴將肉和骨分離。即使是如此野蠻的吃法，在母親身上看起來卻是無比可愛，甚至還散發著一股莫名的嫵媚氣息，所以說起來，她真不愧是如假包換的貴族呢！不只是帶骨的雞肉如此，有時母親連午餐的火腿、香腸都會用手直接抓起來吃。

「為什麼飯糰那麼好吃，妳知道嗎？因為飯糰是用人的手指捏出來的！」

母親曾經這麼說過。

我也認真想過，用手抓東西真的感覺比較好吃！可是像我這樣子的高級乞丐，如果學得不好，那真是「東施效顰」，看起來就活像乞丐乞食圖的畫面了，所以不敢學，只好忍耐。

就連弟弟直治都說「媽媽是無人能及的」，我也深深體悟到要效仿母親真的很困難，甚至還有一種「絕望」的感覺。記得一次在西片町家的內院裡，當夜空中高掛起一輪美麗的初秋之月，我和母親兩人在池塘邊的涼亭賞月，笑談著「狐狸娶新娘」和「老鼠娶新娘」這兩個故事的新娘所準備的嫁妝有何差別時，母親忽然站起身，往一旁的胡枝子叢走了進去，從白色的胡枝子花中，母親露出一張更為晶瑩白皙的臉龐，微笑著說：

「和子呀！妳猜猜看，媽媽現在在做什麼？」

「摘花吧！」

聽我答完，母親又再度響起小小的聲音，笑說道：

「在尿尿啦！」

因為母親根本沒蹲下身去，著實讓我嚇了一跳，不過，也確實感受到一股自己無法仿效、真正的可愛與天真。

雖然這跟早上喝湯的事有點偏題了，但在我之前讀過的某本書上，得知路易王朝的貴婦人們，會在宮殿的庭園，或走廊的角落，若無其事地上廁所，這份天真無邪，真的是非常可愛，也讓我認為，母親或許是最後一位「真正」的貴婦人。

話說，早上喝了一口湯後，母親不是「啊」地叫了一聲嗎？當我問道：「有頭髮嗎？」母親回答：「不是。」

「是湯太鹹了嗎？」

早上的湯，是把上回美國配給的青豆罐頭濾壓成泥，煮成類似濃湯的湯品，而自己一向對料理沒什麼自信，所以即使母親說不是，但我心裡還是挺不放心地追問著。

「煮得很好喝。」

母親認真地說道，喝完湯後，接著又用手抓起海苔包的飯糰送入口中。

從小，我就不喜歡吃早餐，不到十點的話肚子就不餓，所以就算能勉強喝完湯品，可飯一點都不想吃，我將飯糰擱在盤內，用筷子戳成得一團糟，然後再夾住一小口，像母親喝湯那樣，將筷子與嘴巴呈直角，如餵小鳥般送入口中。當我還在慢吞吞地咀嚼時，母親已經吃飽了，她悄悄地站起身來，將背靠在灑有晨光的牆上，靜靜地看著我吃飯，一邊說道：

「和子，還是不想吃嗎？早餐就該吃得津津有味才行呀！」

「媽媽呢？覺得早餐好吃嗎？」

「當然呀！我又不是病人。」

「和子我也不是病人呀！」

「不行！不行！」

母親笑得有點兒淒楚，並輕搖著頭。

我在五年前曾患上肺病，臥床休養了好一陣子，可是我自己明白那是一種「任性」病。然而，母親前陣子的病才真的教人好生擔心，令人悲傷的病。儘管如此，母親卻只是一勁擔心我的事。

「啊！」我喊道。

「怎麼了？」

這回換母親問我了。

我們倆對眼相望，好像心有靈犀般，當我呵呵一笑後，母親也勾起了微笑。

因為，人每當想到害羞的事時，就會奇妙地發出「啊」的叫聲。像我心裡剛才突然清晰想起六年前離婚時的事，才忍不住「啊」地叫了起來，不過母親呢？母親不可能有過像我這般丟臉的過往，不對，還是說，有什麼……。
「看來媽媽剛剛也想起某些事了吧？是什麼事呢？」
「我忘了。」
「是我的事嗎？」
「不是。」
「是直治嗎？」
「是……。」
母親歪著腦袋繼續說：「是吧？可能喔！」
弟弟直治大學讀到一半，就被徵召去當兵，分派到南方小島，至今音訊全無，即使大戰結束了，仍是下落不明。雖然母親說她已經做好再也見不到直治的覺悟了，可是我從來沒有這種「覺悟」，堅信我們一定會再見面。
「雖然想放棄希望了，可是一喝到好喝的湯，還是會忍不住想起直治，當初要是有對他好一點就好了！」

直治自從上了高中，就醉心於文學，過了不良少年一般的生活，不知道讓母親吃了多少苦。儘管如此，母親喝了一口湯後，還是會不自覺地想起直治，並發出「啊」的一聲。我把飯塞入嘴裡，紅了眼眶。

「沒事的，直治一定沒事的。像直治這麼壞的壞蛋，是死不了的！會死的人都是心地好、長得標緻又溫柔的人，像直治那種人就算用棒子捶，也不會死的！」

母親不禁笑著嘲弄我說：

「那麼，意思是和子妳會早死囉？」

「哎呀！怎麼會？我呀，可是超級大壞蛋呢！會活到八十歲的，放心吧！」

「是嗎？這麼一來，媽媽我肯定能活到九十歲囉！」

「沒錯！」

我說到一半，開始有點為難。壞蛋會長壽，而標緻的人會早夭。母親她非常地美麗，可是我希望她能長命百歲。我倉皇失措了起來。

「心眼真壞！」話一說完，嘴唇開始顫動著，眼淚啪噠地直直落下。

和各位說說蛇的事情吧！四、五天前的一個下午，附近的孩子們在庭院的竹叢裡發現了十多顆蛇蛋。

孩子們篤定地喊著：

「是蝮蛇蛋！」

只要想到那片竹叢裡會孵出十隻蝮蛇，就沒辦法放心走進庭院裡，於是我提議：

「把蛋燒了吧！」

一如預期，孩子們一聽各個欣喜雀躍，緊跟在我身後。

我在竹叢附近堆上樹葉和柴火，點燃火後，將一顆、一顆的蛋扔進火堆裡。可是蛇蛋卻怎麼燒都燒不起來，就算孩子們繼續往火上丟入樹葉和小樹枝，把火勢弄得更大，蛇蛋還是燒不起來。

下面農家的女兒從圍牆外笑著問道：

「妳們在幹什麼呀？」

「我們在燒蝮蛇蛋！要是生出蝮蛇來，就太可怕了！」

「有多大呀？」

「跟鵪鶉蛋差不多大，全白的喔！」

「那不是蝮蛇的蛋啦！是一般小蛇的，而且生蛋是燒不起來的。」

農家女孩好像覺得很可笑似的，笑著走開了。

已經點了三十分鐘的火，可是蛇蛋說什麼都燒不起來，我要孩子們將蛋從火裡撿起來，埋在梅樹下，並撿了一些小石頭做了小小的墓碑。

「來，大家拜拜囉！」

我蹲了下來、合掌膜拜，孩子們也乖巧地在身後跟著蹲下身、合掌膜拜。和孩子們道別後，我一個人慢慢拾階而上，母親正站在紫藤架陰影處的石階上，她說：

「竟然做了這麼令人心痛的事……。」

「原以為是蝮蛇蛋，沒想到只是小蛇，不過已經好好埋葬了，沒事的！」

雖然嘴上這麼說，但被母親這麼盯著，總還是覺得不太對勁。

雖然母親絕對不是迷信的人，可是自從十年前父親在西片町的家中去世後，母親就開始非常怕蛇。在父親臨終彌留之際，母親看見父親的枕頭上掉了一根黑繩，沒有細想直接順手一抓，沒想到竟然是一條蛇！蛇飛快地溜走，出了走廊後，也不知道跑到哪裡去了。只有母親與和田舅舅目睹了一切，他們互看了一眼，為了不驚動送終的各位，兩人隱忍著不發一語。所以，雖然當時我們也在場，可是有關蛇的事，卻一點兒也不知情。

不過，在父親逝世當天的黃昏，我倒是親眼看見庭院裡的池塘邊，每棵樹上都有蛇盤據。我現在是二十九歲的阿姨了，而十年前父親去世時，年紀也到十九了，早已不是小孩子了，所以儘管經過十年之久，當時的記憶還是非常清晰，應該不會有錯。當時我為了要剪花供在靈前，於是往庭院的池塘走去，而我在池邊的杜鵑花叢附近站定時，突然看到杜鵑花枝頭盤繞著一條小蛇，受了一點驚嚇。當我準備折下棣棠樹的花枝時，枝頭上竟然也爬有小蛇，結果旁邊的木犀樹、楓樹、金雀花、藤蔓、櫻花……，每一顆、每一株樹上都有小蛇盤繞。不過自己當時並沒有很害怕，只是覺得或許蛇也和我一樣，對父親的死感到悲傷，所以特地從巢穴中鑽出來憑弔父親之靈。後來我將庭院裡有蛇的事偷偷告訴母親，母親只是冷靜地偏著頭若有所思，沒特別說些什麼。

不過，這兩則「蛇事件」，確實讓母親變得十分討厭蛇，只是，與其說討厭蛇，倒不如說是崇仰、敬畏來得貼切一點兒吧！

母親發現我焚燒蛇蛋後，肯定會聯想到不吉利的事吧？一想到這兒，我也開始覺得燒蛇蛋是一件很恐怖的事，很怕這件事會讓母親遭受不幸的厄運，整個人提心吊膽、坐臥不安，到了第二天、第三天都沒辦法釋懷。可我早上用餐時，卻又亂說什麼「美人早夭」的無聊話，最後因為沒辦法自圓其說而哭了出來。當我在收拾碗盤時，總覺得自己的內心深處，鑽入了一隻會讓母親折壽的可怕小蛇，心裡懊喪得不得了。

然後當天，我就在庭院裡看到蛇了。那天是個無比晴朗的好天氣，打理好廚房後，打算搬張藤椅到庭院的草地上織點東西，當我將藤椅放在庭院時，發現石頭邊的竹叢裡有一條蛇。「唉呀！討厭！」腦海裡只有這個想法，沒做多想的我把藤椅搬回簷廊處，將椅子放在簷廊上坐下，開始編織。下午，我想去庭院深處的佛堂找一本藏書——瑪麗・羅蘭珊[1]的畫集，沒想到一走到庭院，又看到一條蛇在草地上緩緩爬行著，和早上那條蛇長得一模一樣，好細長且高雅的一條蛇呀！我認為應該是條母蛇。牠靜靜地橫渡草地，爬到野薔薇的陰影處後停了下來、仰起頭，伸出如細長火燄般的蛇信，

1 瑪麗・羅蘭珊（一八八三年～一九五六年）一位法國畫家。

接著左顧右盼一番，但不久後，牠便垂下頭，悲傷地縮成一團。我當時一心只覺得牠真是條美麗的蛇！不久便走到佛堂拿了畫集，回來時，望了一眼方才蛇所在的位置，但已不見其蹤影。

黃昏時分，和母親在中式房裡喝茶時，往庭院的方向一探，忽然又看到早上那條蛇慢慢出現在石階的第三層石級上。

母親也發現了。

「那條蛇是不是……？」

母親開口後隨即站起了身，向我走近，並拉住我的手直直地站著。聽母親這麼一問，自己突然靈光一現：「會不會是那些蛇蛋的母親？」

「對！一定是！」

母親的聲音非常沙啞。

我們兩手互握，屏息靜看著那條蛇。悲傷地蜷縮在石階上的牠開始蹣跚地動起來，接著虛弱似地橫過石階，爬向燕子花叢裡。

我小聲地說：「從早上開始，牠就在院子裡爬來爬去了。」

母親嘆著氣，跌坐在椅子裡。

「對吧？牠一定是在找蛇蛋，好可憐喔！」

母親壓低了聲音說道。

我也束手無策地笑了笑。

夕陽映照在母親的臉上，母親的眼睛好像散發著一縷藍色的光芒，而那張看似微慍的臉龐，帶著一股極富魅力的美。接著，我突然發現，母親臉上的表情與方才悲傷的蛇有某種神似之處，而盤住在我心裡的卻是如蝮蛇般醜陋、蠢蠢欲動的蛇，為什麼？為什麼呢？我總覺得，心中的這條蛇，某天可能會吞噬這隻懷有深切悲痛的美麗母蛇。

我將手放在母親柔軟而瘦削的肩頭，身體毫無緣由地顫抖著。

我們是在日本無條件投降的那年十二月初，離開東京西片町的家，搬來這棟位在伊豆、帶有一點中國風的山莊。自從父親去世以來，家裡的經濟全仰賴母親的弟弟、也是唯一的親人——和田舅舅的幫忙，然而戰爭結束後，社會遽變，於是和田舅舅好像對母親說：「沒救了，除了賣房子外別無他法，最好也把女傭們都遣走，母女倆到鄉下買間乾淨的小房子隨興地過活吧！」對金錢一事，母親比小孩還要來得懵懂，所以和田舅舅如此提議後，就全權委託和田舅舅處理了。

十一月末，舅舅寄來快信，信中說，河田子爵位在駿豆鐵路沿線的別墅要出售了，房子地勢很高，景致很好，田地也有上百坪，且附近就是賞梅盛地，冬暖夏涼，住起來一定很舒適，我們一定會喜歡的……，因為覺得有必要直接與賣主見個面，所以請媽媽明天到他位在銀座的辦公室見個面。

我問：「媽媽！妳要去嗎？」

「沒辦法呀，我們之前拜託舅舅處理了嘛！」母親極度落寞地笑著說道。

第二天，拜託家裡以前的司機松山先生陪母親去一趟，過午出門直到晚上八點左右，母親才由松山先生送了回來。

「已經決定好了喔！」

母親一腳踏進我的房間，雙手扶著書桌，好像快倒下般坐了下來，接著說出了方才那句話。

「決定什麼？」

「所有的事！」

「可是……。」我嚇了一跳：「到底是怎麼樣的房子呀？我們都沒有看過，怎麼就決定了呢？」

母親一隻手杵在桌上，輕輕地撫著額頭嘆道：

「因為和田舅舅說，那裡是個好地方嘛！就算閉著眼直接搬過去也不要緊。」

說完後，她抬起頭露出一抹微笑，母親的臉上掛著些許的落寞與憔悴，美得醉人。

「說得也是！」

連我也不免折服在母親對和田舅舅毫無懷疑的信賴之美上，於是也附和了起來。

「那麼，和子也一起閉著眼搬過去囉！」

我們兩人雖然都大聲地笑著，但笑聲結束後，卻有說不出的落寞。

之後每一天，都有人來家裡幫忙打理搬家的行李，最後連和田舅舅也來了，把可以賣的東西都幫忙賣掉了，我也和女傭小君兩個人，一下整理衣物，一下將不值錢的東西拿去院子裡燒掉。然而，母親卻完全沒幫忙整理，也不出來指揮，每天待在房間裡，不知在磨蹭些什麼。

「怎麼了？不想搬去伊豆了嗎？」

我豁出去，以稍微嚴厲的語氣問了母親，而她也只是心不在焉地回答：

「不是。」

打包了十天左右，終於完成了所有的整理工作，傍晚，我和小君在庭院裡燒著紙張和稻草，母親走出房門，站在簷廊上默默看著我們的火堆，宛如挾帶灰色色彩的寒冷西風吹拂而來，煙霧低爬於地面，我突然抬起頭看著母親的臉，母親的臉色竟是前所未有的差，讓我嚇了一大跳。

「媽媽，妳的臉色怎麼這麼難看？」

母親聽我一叫，微微地笑道：

「沒事！沒事！」說完，便靜靜鑽回屋裡去了。

當夜，因為被褥也都打包好了，所以小君睡在二樓廳間的沙發上，而母親和我則睡在母親的房裡，鋪了從隔壁鄰居借來的一床被褥，兩人就這樣睡在一起。

這真的是母親的聲音嗎？母親竟以既蒼老又虛弱的嗓音說道：「因為有和子在，因為和子願意陪在我身邊，所以我才去伊豆的喔！因為妳會陪我……。」

我嚇了一跳，脫口問道：

「如果和子不在呢？」

母親突然哭了起來。

「那我死了算了！最好死在爸爸去世的這個家裡，媽媽最好也死了！」

她斷斷續續地啜泣著，最後終於大聲哭了起來。

母親從來沒有對我說過如此洩氣的話，也不曾讓我看過哭得這麼厲害的模樣。即使是父親去世時，即使是我出嫁時，即使是我肚裡懷著孩子，回來娘家生下死胎時，即使是我臥病在床，甚至是直治闖禍的時候，母親都不曾表現出如此洩氣的態度。父親不在的這十年裡，母親表現出來的態度都和父親在世時相同，她還是一樣悠閒、溫柔。而我們也厚臉皮地依賴著母親長大成人。但是，母親已經沒錢了！她為了我們，為了我和直治，她毫不吝嗇地把錢都用光了。而現在，我們卻得離開這個長年住慣的家，不得不住進伊豆的小小山莊裡和我兩個人相依為命，開始過著寂寥的生活。如果母親是那種心地不好、小氣又刻薄，只會斥罵我們，偷偷拚命為自己攢錢的人，那麼不管環境如何變遷，也不會發生像現在這樣痛不欲生的事吧！啊！這是我有生以來第一次發現，貧窮竟然如此可怕、悽慘，如墜入永世不得超生的地獄。我的胸口滿是悲痛，痛得我欲哭無淚，這種時候，我才真正體會到所謂「人生的嚴苛」，沈重的心情讓我動彈不得，我就像顆石頭般僵硬的仰躺著。

第二天，母親的臉色還是很差，仍然不斷磨蹭著，好像十分捨不得離開這個家似的，最後還是因為和田舅舅說，行李差不多都上路了，今天就出發去伊豆吧！母親才勉勉強強穿上外套，一句話也沒說，靜靜地對前來道別的小君，以及進出的人們點頭致意後，就和舅舅、我，三個人離開了西片町的家。

因為火車比較空，三個人都坐了下來。在車裡，舅舅的心情非常好，一直低吟著歌，但母親的臉色還是很差，垂著頭，似乎很冷的模樣。我們在三島換乘了駿豆鐵路，並在伊豆長岡下車，再坐了十五分鐘左右的巴士，接著往山的那一頭走去，爬上還算平緩的坡道後，就有一座小小的村落出現眼前，而村落的邊上，就是那幢有點中國風的山莊。

我喘著氣說：「媽，這裡比想像中好呢！」

母親也贊同道：「是呀！」

站定在山莊的玄關前，閃過一瞬間喜悅的眼神。

「第一，這裡空氣很好！空氣很是清新呀！」舅舅自豪地說著。

「真的呢！」母親微笑著說：「好舒服喔！這裡的空氣真好！」

然後，我們三人相視而笑。

一走進玄關，從東京送來的行李早已到達，從玄關到房間，到處都堆滿了行李。

「第二，從屋裡看出去的景致好得不得了！」

舅舅亢奮地把我們拉近屋裡坐了下來。

下午三點左右，冬天的太陽輕柔地灑落在庭院的青草地上，從草坪拾階而下，有一處小小的池塘，到處都是梅樹，而庭院下面是一片廣大的甜柑橘園，連結著一條通往村落的道路，路的彼方則有座水田，水田的對面則有一座松林，而松林的對面可以看到海。坐在房裡，海就在與我胸前等高水平線沿伸的彼處。

「好柔美的風景呀！」

母親若有所思地說著。

「不知道是不是空氣的緣故，連陽光都和東京完全不一樣耶！光線就像透過絲絹濾網般細柔。」我也忘情地說道。

十帖大的房和六帖大的房，以及一間中國式的客廳，玄關大概有三帖大，浴室也有三帖大，接著還有餐廳和廚房，而二樓也有一間附床的西式客房，雖然就這幾間房而已，但對我們兩個人來說，喔，不對！即使是直治回來，我想也不會太擁擠吧！

舅舅出門去找村落裡唯一一家旅店，請他們準備食物，不久便將送來的便當拿到房裡打開，喝起自備的威士忌酒，一邊談起與山莊前主人——河田子爵在中國玩樂的事，不知道是否因為氣候的關係，面對便當，母親也不太動筷，不久，四周暗了下來，她才小聲地說道：

「讓我躺一下吧！」

我從行李裡找出被褥，鋪好床，讓母親睡下；不知怎麼的，心中總有不好的預感，於是從行李中找出溫度計，一量，竟有三十九度。

舅舅好像也嚇了一跳，趕緊出門到山腳下找醫生。

「媽！」即使我叫喚，她也只是迷迷糊糊的。

握住母親小小的手，忍不住啜泣起來，覺得母親好可憐、好可憐。不！是我們兩個人都好可憐、好可憐，無論我怎麼哭，淚水也哭不乾。一邊哭著，心裡真的想就這樣和母親一起死去，我們什麼都不要，自從踏出西片町家裡的那一刻起，我倆的人生就已結束了。

兩個小時後，舅舅總算帶村裡的醫生回來了，村裡的醫生似乎年事已高，穿著仙台平織的褲裙和白色分指襪走進了家中。

看診結束，醫生說：

「也許會變成肺炎也不一定。不過，就算是肺炎，也不必擔心。」

他做了些一點也不可靠的診斷後，幫母親打了一針就回去了。

可是第二天，母親的燒還是沒退，和田舅舅給了兩千圓，交代我萬一母親需要住院的話，就發電報到東京，話一說完，就先回東京去了。

我從行李裡找出最基本的廚具，煮了稀飯，餵母親吃，母親躺著吃了三匙稀飯後，就搖了搖頭。

快到中午時，村裡的醫生又來了一趟，這次雖然沒穿褲裙但依舊穿著分指襪。

我問：「是不是住院比較好呢？」

「喔！不必！沒這個必要，我再幫她打一針強效針，燒應該會退的。」

診斷還是和昨天一樣不可靠，醫生打了一劑所謂的「強效針」就回去了。

不過，不知道是否這一劑強效針奏了效，當天午後，母親的臉龐突然漲紅，接著出了一身汗，當我幫她換睡衣時，母親笑著說：

「那個人也許是名醫呢！」

燒退到了三十七度，我很高興，跑到村裡唯一的一家旅店，向老闆娘買了十顆雞蛋，馬上煮成半熟的狀態端給母親，於是母親便吃了三顆半熟蛋和半碗稀飯。

隔天，村裡的名醫又穿著白色分指襪來了，我為昨天的強效針道謝，醫生則一臉「必定有效」的表情，深深點了點頭，並仔細地診察一番，對著我說：

「夫人已經不是病人了。因為好了，所以任何餐點都能享用，什麼事情都能處理了。」

因為醫生的說法實在太奇怪，為了不笑出聲來，我還差點岔了氣呢！

送醫生到門口，返回房間一看，母親已經從床上坐了起來。

「真的是位不折不扣的名醫，我已經不是病人了！」

她看起來相當高興，自言自語般出神地說道。

「媽媽，要不要把紙門拉開？已經下雪了喔！」

像花瓣一樣大的牡丹雪開始紛紛飄落，我打開紙門，與母親並肩而坐，一起眺望著伊豆的雪景；「我不是病人了……。」母親仍然喃喃自語道。

「像這樣子坐在這，突然覺得過去的種種好比一場春夢，確實，一到搬家的時刻，我變得很不想搬到伊豆來。就算一天也好，半天也好，心裡還是想要多留在西片町的家中。在搭火車時，覺得自己一半已經死了，剛到這裡時，雖然一開始有些開心，可是到夕陽西下時，心像是著火般想念起了東京，整個人漸漸昏死了過去，我想，這不是一般的病，應該是神想先置我於死地，然後重新讓我復活，把我變成一個迥然不同於昨天的我吧！」

從此，直到今天，我們母女兩人相依為命的山居生活，平安無事地持續過來了，村裡的人對我們也十分親切。剛搬到這裡時，是去年的十二月，然後一月、二月、三月，直到四月的今天，我們除了準備三餐，大部分時間都在簷廊編織，或在中式房裡讀書、喝茶，過著與世無爭、離群索居的日子。二月，梅花盛開，這村落到處好像都被梅花花海深埋了一般。然後是三月，由於整個月幾乎都是無風無雨的平靜天氣，盛開的梅花一點也沒有凋零，一直綻放到三月底。不管早上、晚上、傍晚、深夜，梅花都美得令人嘆息。一打開簷廊邊的窗戶，隨時都有宜人的花香飄進屋裡。三月快結束時，只要一到傍晚，就一定會有輕風徐來，我在充滿夕陽餘暉的餐廳裡擺放碗筷時，窗外總會飄進梅花的花瓣，飄落在碗中濡濕了。時序到了四月，我和母親都在簷廊編織，兩人的話題大部分都繞在農作計劃上打轉，母親也說要幫我的忙。走筆至此，忽然發現，我們母女倆不知從何時開始，真的像母親曾經說過的那般，死而復生，成為迥然不同於以往的自己。不過，人類畢竟不可能像耶穌基督那樣復活。所以，儘管母親曾經說過那席話，可是喝湯時，還是一樣會因為想起直治，而不自覺「啊」的一聲，而我過去的傷痕，其實也根本沒有癒合。

啊……，好想毫無保留、毫不隱瞞地寫下一切心裡想說的話。有時我甚至會偷偷想，山居生活的安逸只不過是虛假與矯飾罷了。就算這是神賜給我們母女倆短暫的休憩時光，可是，我也不禁覺得，這安逸生活的背後，早已隱含某種不幸或黑影。儘管母親裝作幸福，卻還是一天天地衰老，而寄宿在我心中的毒蛇，甚至不惜犧牲母親，日漸肥大，不管我如何壓抑，還是不斷地壯大。啊！多希望這都是季節在作祟。可是當時的我，對於這種生活，有件事是怎麼樣都無法忍受的。甚至讓我做出燒蛇蛋這種卑鄙的事，這絕對是我焦躁情緒下的體現之一。就也只是徒然加深母親的悲哀，讓母親更加衰弱罷了。

若要寫到情愛，我可就寫不下去了……。

二、

去年，什麼也沒有！

前年，什麼也沒有！

這之前，也是什麼都沒有！

什麼都沒有，徒有愚蠢之事，而我身上，僅剩這份無常、這雙分指鞋。

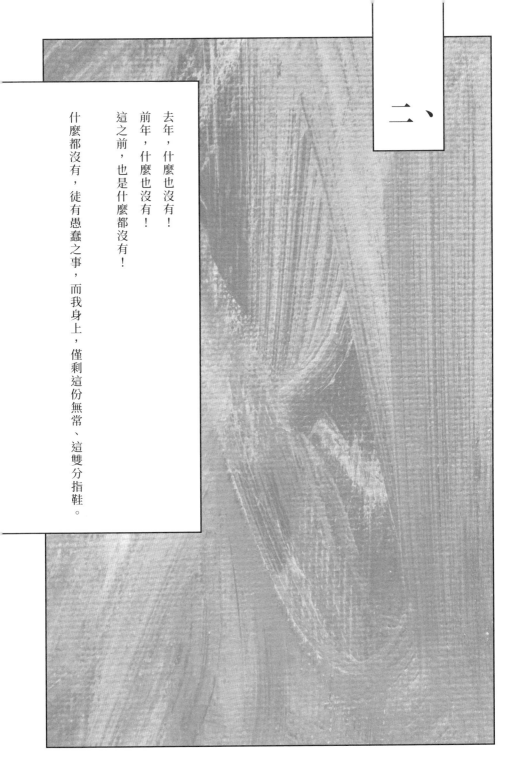

自從惹出蛇蛋的風波後，經過十天左右，不祥之事就接踵而來，使得母親的悲哀更甚，生命力更加衰弱。

我引發了火災。

我會引發火災——從小至今，我作夢都沒想過這種可怕的事會發生在我的生命之中，然而……。

用火不慎，就會發生火災，這是極為理所當然的道理，為什麼自己連這種人盡皆知的事都粗心大意呢？難道是因為我曾經是所謂的「大小姐」嗎？

當我半夜起來上廁所，走到玄關的屏風旁時，發現浴室還亮著，不經意看一眼，竟發現浴室的玻璃窗滿是紅光，還發出「劈劈啪啪」的爆裂聲。快步跑過去，打開浴室的邊門，打著赤腳走到外頭，發現堆在灶旁的柴火竟燒得厲害。

我飛奔向山腳下的農家，用力拍打著門大叫：

「中井先生！快開門呀！起火了！起火了！」

中井先生想來早已入睡了，聽到我不斷拜託後，穿著睡衣就衝了出來。

「好！我馬上過去！」

然後兩人一起往我家的方向狂奔而去。

兩人飛快跑回火堆邊，用水桶拚命裝著池塘裡的水滅火，忽然聽到客廳簷廊處傳來母親「啊」的叫聲，我丟下水桶，從庭院跑進簷廊。

「媽，別擔心，沒事的，妳睡吧！」

我說完後，抱起站不穩的母親，帶到床上讓她睡下後，又衝回起火處，這一次改盛洗澡水遞給中井先生，中井先生將水往柴火堆上倒，但火勢非常猛烈，不是這麼簡單就能滅的。

「起火了！起火了！別墅起火了！」

下面傳來了呼喊聲，很快地，四、五名村民衝破圍籬，飛也似地跑過來，用水桶將圍籬下方的儲水以接力的方式送進來，兩、三分鐘內就把火給滅了，只差一點，火就要移燒到浴室的屋頂了。

還好沒事，當我心中感到慶幸時，才發現起火的原因並大吃了一驚。從這一刻開始，我才真正意識到，引起這一場火災的原因——傍晚，我從灶口取出燒剩的柴火，以為火已經熄滅了，於是將它移放到柴火堆旁，沒想到卻釀成了火災。這個發現讓我幾乎快哭了出來，站在原地發愣，這時，聽到前戶西山家的媳婦站在籬笆外高喊著：

「浴室都燒得精光囉！是爐灶起的火啦！」

村長藤田先生，二宮警佐和消防隊長大內先生等人都來了，藤田先生一如往常地用親切的笑臉問說：「嚇壞了吧！到底怎麼一回事？」

「是我不好，我以為柴火都熄滅了，所以把……。」

一開口，覺得自己實在很淒慘，淚水奪眶而出，低頭不語。當時以為自己或許會因此被警察帶走，淪為一名罪犯。想起自己正打著赤腳、穿著睡衣的狼狽模樣就覺得好羞恥，實在是太落魄不堪了。

「我明白了，妳母親呢？」藤田先生以安慰的口氣，平靜地問道。

「我讓她先休息了，因為她受到很大的驚嚇……。」

「不過呢！」年輕的二宮警佐安慰我說：「沒燒到房子，實在是不幸中的大幸！」

接著，山下農家的中井先生也換好衣服上來。

「沒什麼啦！只不過是柴火燒起來罷了，根本連小火災都稱不上呢！」

他喘著氣說著，掩護我的疏失。

「是嗎？好！我知道了！」藤田村長點了兩、三下頭，接著與二宮警佐小聲商量事情。

「那麼，我們先走了！請代為向妳母親問好！」說著便和消防隊長大內先生等人一起先回去。

只留下二宮警佐，走到我面前，彷彿呼吸般地低聲說道：

「今天晚上的事，我們就不通報了。」

二宮警佐走了之後，下面農家的中井先生既擔心又緊張地問我：

「二宮先生對妳說了什麼？」

我回答：「他說，這件事就不往上通報了！」

這時，那些站在籬笆旁的鄰居們似乎聽見了我的回答，一邊說著：「喔！是嗎？」「喔！太好了！」「啊！幸好沒事！」一面一哄而散了。

中井先生向我道了晚安後也返家了，之後只剩自己一個人六神無主地站在燒過的柴火堆旁，眼中閃著淚水，望向天空，此時天色已近破曉。

到浴室洗了手腳和臉後，不知道為什麼，有點不敢見到母親，在三帖大的浴室裡磨蹭著梳整了頭髮，然後向廚房走去，在天亮前整理著沒必要整理的餐具。

天色已亮，我躡手躡腳地走到客廳一看，發現母親早已換好衣服，看似筋疲力盡地坐在中式房的椅子上。母親看著我，微笑了一下，可是臉上卻蒼白得嚇人。

我不帶一絲笑容，靜靜地走到母親椅子後方。

不久後，母親開口道：

「沒事的！柴火本來就是用來燒的。」

我突然覺得很好笑，呵呵地笑出聲來，想起聖經上的箴言：「一句話說得合宜，就如金蘋果在銀網子裡。」，覺得自己有這麼好的母親，真的很幸福，不覺深深感謝神。昨晚的事就歸昨晚，就不要再悶悶不樂了！透過中式房的玻璃窗，眺望著伊豆早上的大海，我一直站在母親的身後，兩人的呼吸在不知不覺間起伏一致，完美地呼應著。

早上稍微吃過簡單的早餐後，就開始整理燒成一片餘燼的柴火堆，而這村落裡唯一一家旅店的老闆娘小咲姊一路喊著：

「怎麼啦？怎麼啦？發生什麼事了？我也是剛剛才聽說的，哎！昨天夜裡到底發生什麼事了？」

她從庭院的小木門一路跑了進來，她的眼中還泛著淚光。

我低聲說道：

「對不起！」

「還說什麼對不起的，哪兒的話！倒是，小姐呀，警察那邊怎麼說呢？」

「說沒關係！」

「啊！那就好了！」她一副打從心底開心的表情。

我找小咲姊商量，該用什麼形式向村裡的人道謝及致歉才好。小咲姊說，看來還是包錢好了，並告訴我哪些人家需要登門拜訪的。

「不過，小姐！如果覺得一個人去不好意思的話，我可以陪妳一起去！」

「一個人去的話比較恰當吧？」

「妳一個人可以嗎？那麼，最好還是自己去吧！」

「好，我自己去。」

然後，小咲姊也留下來幫忙整理了一下燒過的柴火堆。

整理好之後，我向母親要了錢，把百圓紙幣一張一張地用美濃紙包裹好後，在上面寫下致歉的字樣。

首先，第一站來到村民辦公室，由於村長藤田先生不在，所以我將紙包交給櫃台的小姐，並道歉說：

「昨晚給大家添麻煩了，以後我會小心的，請原諒我的不慎，並代我向村長先生致意。」

接著，去消防隊長大內先生的家，大內先生走出玄關，不發一語地看著我，露出有點哀傷的笑容，我突然莫名地想哭。

「昨天晚上，非常抱歉！」

我費了好大的勁才把話說出口，話一說完我就急著告辭，路上不禁淚濕衣襟，臉也哭花了，不得已，只好先回家一趟，在洗臉槽洗了把臉，重新上妝，準備出門，正在玄關穿鞋時，母親走了出來。

「妳還要出去呀？」

「嗯！現在才要正式開始拜訪！」

我頭也不抬地回答。

「辛苦了！」母親平靜地說道。

因為從母親深厚的母愛中得到了堅強的力量，所以，這次我一滴眼淚也沒流地挨家挨戶拜訪完了。

當我拜訪派出所所長家時，所長正好不在，兒媳婦出來應門後，她看見我反而自己先掉了淚，之後去了警佐那裡，二宮警佐只是不斷地說：「幸好！幸好！」，大家都相當親切而善良，再繞去附近的鄰居家，一樣得到眾人的同情與安慰。只有前面鄰居西山家的媳婦，說是媳婦，也已是四十好幾的伯母，我著實挨了她一頓罵。

「以後請小心點吧！我是不知道妳們究竟是什麼皇族啦！但妳們那種扮家家酒似的生活，我一直都看得戰戰兢兢的，就像兩個孩子在過日子一樣，之前都沒發生火災那才是奇事一樁呢！真的，請妳們以後一定要小心！昨晚也是，聽好！那種火勢要是當時有刮風，就可能把全村都燒了呢！」

昨晚，山下農家的中井先生跑到村長和二宮巡查面前袒護我，說這場意外根本連場小火災都稱不上。然而，在籬笆外大喊「浴室都燒得精光囉！是爐灶起的火」的人就是這位西山家的媳婦。可是說實在的，我在西山媳婦的怨言中，體會到了真實感，認為她所言甚是，自己一點兒也不惱恨西山先生的媳婦。雖然母親開玩笑安慰說：「柴火本來就是用來燒的」，可是，如果昨天刮起大風，就會像西山先生媳婦所說，也許會燒光整個村莊。要是真的這樣，我就算死了，也無法謝罪於萬一呀！若自己死了，母親應該也活不下去，而且還會污衊了死去父親的美名！雖然，我們現在既不是皇族，更不是什麼貴族，可是如果一定得死，還是希望壯烈地死去比較好。像這種釀成火災，以死謝罪的死法，我是死也不會瞑目的！總之，我要更謹慎小心才行。

從第二天開始，我賣力於農務，山下農家中井先生的女兒也經常來幫忙。自從鬧出失火的醜事後，我總覺得體內的血液稍微開始轉成赤黑色，在這之前，我的胸口住入了一條心腸歹毒的蝮蛇，而這次甚至連血液的顏色都起了些微變化，看來我終於要變成一個充滿野性的鄉下女孩了，就算和母親一起坐在簷廊編織，也覺得無聊、氣悶，走到田裡拿起鋤頭鏟土，反倒讓我比較輕鬆、愉快。

所謂的「體力活」，像這樣使用勞力的工作，對自己來說，並不是第一次了。戰爭時，我也曾經被徵召，甚至還打過地基。現在下田時穿的分指鞋，也是當時軍隊配給的。分指鞋這種東西，對當時的我而言，是有生以來首次穿上的鞋子，但穿起來卻出乎意料地舒適。穿著它，走在庭院裡，我似乎能體會到小鳥、動物們赤腳踩跳在地上的輕盈，心中雀躍不已。而這個回憶，是這場戰爭中唯一愉快的回憶。想來戰爭真是毫無意義。

去年，什麼也沒有！

前年，什麼也沒有！

這之前，也是什麼都沒有！

如此有趣的詩刊載在戰爭結束後某份報紙上。真的！現在回想起來，戰爭時確實發生過許多事，但即使如此，還是感覺像「什麼也沒有」一樣。我不喜歡追憶、也討厭聽聞任何有關戰爭的事。雖然造成那麼多人死亡，卻是陳腐且無聊的事。然而，或許自己真的很「我行我素」吧？

我認為，自己被徵召，穿上分指鞋被派去打地基的過往，只有這段過往相較沒這麼陳腐無趣。雖然也有過不好的回憶，但多虧了打地基的活，身體變得相當結實，即使到了現在，我甚至想過，要是日子真的過不下去的話，我也能靠著打地基來討生活。

當戰況愈來愈吃緊時，穿著軍服的男子來到西片町的家中，交給我徵召的信，還有一張寫著勞動排班表的紙張。看到排班表，發現自己從第二天開始，必須每隔一天到立川的深山報到，不覺紅了眼睛。

「不能找代理人嗎？」

我的眼淚不停地往下流，最後還啜泣起來。

那男人很堅定地回答：

「軍中決定要徵用妳，所以非得本人不可！」

我只好去了。

第二天下雨，我們列隊於立川的山腳下，先聽了一段長官的訓詞。

他以「我們一定會打贏這場戰爭」起頭，接著說：

「戰爭一定會贏的！但各位若不能按軍方的命令行事，就會妨礙到作戰，落得像沖繩般的結果，所以，希望你們一定要聽命行事。另外，這座山裡或許有間諜潛入，所以請彼此多加注意，各位以後也會像軍人一樣深入陣營工作，所以絕對不可將陣營的狀況隨意告訴他人，請特別注意小心。」

山上雨霧迷濛，男女合計近五百名的隊員，都冒雨站著聆聽訓示，隊員中也有國民學校的男學生、女學生，大家都冷得哭喪著臉。雨透濕了我的雨衣，滲進上衣裡，最後甚至濕透了內衣。

這一天，整天都在扛網籃，在回程的電車裡，自己淚流不止，但這下一次的工作，則是打地基的拉繩，對我來說，這工作最有趣了。

到了第二次、第三次，每到山上時，國民學校的男生們開始直盯著自己看。某一天，當我又在扛網籃時，兩、三個男學生和我擦身而過，然後聽見其中一個人小聲說著：

「那傢伙是不是間諜呀？」

害我嚇了一大跳。

「為什麼他們要這麼說呢？」

我問旁邊一起扛網籃的年輕女孩。

「因為妳看起來很像外國人。」年輕女孩一臉認真地回答我。

「妳也覺得我是間諜嗎？」

「不覺得！」這一次她帶著些許笑容答道。

「我可是日本人呀！」說完，才發覺自己的話語是如此愚蠢且毫無意義，於是一個人竊笑了起來。

某個天氣晴朗的日子裡，從一早我就和男人們一起搬運圓木，負責監視我們的年輕軍官皺著眉、指著我說：

「喂！喂！妳！就是妳！過來一下！」

接著，他飛快走向松樹林裡，心中滿懷不安與恐懼的我默默跟在他身後，不久發現林子裡堆滿剛從製木廠運來的木板，軍官在木堆後站定，轉了一圈，回頭面向我。

「妳每天都很累吧！今天只要做一件事就好了，請妳看守這些木材。」

說著，露出潔白的牙齒一笑。

「站在這嗎？」

「這裡涼快又安靜，所以妳也可以在木板上睡個午覺，如果覺得無聊，也許也能讀一讀這個。」

說著，他從上衣的口袋裡取出小小的文庫本，害羞般地扔在木板上。

「雖然只是這種書，不過請妳也順便看看吧！」

文庫本上寫著《三頭馬車》。

我撿起這本書說：

「非常謝謝你。我們家也有人很喜歡書，不過現在去了南方！」

聽我說完，對方好像會錯意了，平靜地搖搖頭說：

「哦！是嗎？是妳丈夫呀？去南方了嗎？真不容易……。」

然後拋下一句：

「總之，今天妳就在這裡看顧這些木材，便當我待會會幫妳拿過來，所以好好休息一下吧！」

說完，他便快步回去了。

我坐在木板上，讀起文庫本，大概讀到一半，那位軍官就踏著喀、喀、喀的腳步聲走了過來說：

「我幫妳把便當拿來了，妳一個人一定很無聊吧！」

說完，將便當放在草原上後，再次飛也似地走了。

我吃完便當，趴在木材上，躺著看書，整本書都看完後，不知不覺地打起盹、睡起了午覺。

等到醒來，已經過了下午三點。突然覺得之前好像在哪裡見過這位年輕軍官，可是想來想去，就是想不起來。從木材堆上跳了下來，撫了撫睡得一團亂的頭髮，耳邊又再次響起喀、喀、喀的腳步聲。

「今天辛苦了，妳可以回去了！」

我跑向軍官的身邊，掏出文庫本，想說些道謝的話，卻說不出口，靜靜地仰望著軍官的臉，當兩人四目相對時，淚水嘩啦嘩啦地奪眶而出，然後，軍官的眼中也閃著淚光。

我倆就這樣一言不語地分別了。自此之後，就再也不曾在工作場上見到這位年輕的軍官。而那天，也是我唯一一次能放鬆的一天，之後繼續每隔一天前往立川的山上做苦工。母親非常擔心我的身體，可是我卻反而變得更健康，直到現在還對打地基的活微微抱著自信，成了一個對農事不感到特別覺得辛苦的女孩。

雖然我嘴上說不想再談論、聽聞有關戰爭的種種，但我還是不自禁地道出自己的「寶貴經驗」，但是，在我的戰爭追憶中，若有什麼值得一提的，應該只有這件事了，至於其他一切，就像方才那首詩：

去年，什麼也沒有！

前年，什麼也沒有！

這之前，也是什麼都沒有！

什麼都沒有，徒有愚蠢之事，而我身上，僅剩這份無常、這雙分指鞋。

從腳下這雙鞋，說著說著不覺間脫離主題，說了一些無聊的事，但我就是這樣穿著這雙戰爭中唯一的紀念品，每天下田工作，排解深埋在心中的些許焦躁與不安，然而母親卻在這時開始明顯地日漸衰老。

蛇蛋。

火災。

從那時候開始，母親已顯著有了病容，而我卻反而漸漸變得粗魯、下流。像是不斷從母親身上吸取元氣，變得愈來愈胖。

甚至連火災時，母親也只是開玩笑地說：「柴火本來就是用來燒的」之後，對火災的事就再也絕口不提，反而還安慰了我。可是，相信當時母親內心裡受到的震撼絕對比我強烈十倍以上，因為自從那場火災過後，母親半夜有時會呻吟，而且碰上風大的夜晚時，她會裝作要上洗手間，在深夜裡幾度下床到處巡視家中。就這樣，母親的臉色一直都不開朗，有時就連起身走路都看起來相當費勁。母親雖然曾說過要幫忙務農，可是有一次，我都請母親別做了，她卻不聽勸兀自從井裡用大水桶提了五、六次水到田裡，第二天母親說她腰痠背痛，難受得幾乎無法好好呼吸，結果在床上躺了一天。因為發生了這件事，她似乎總算對農事死了心，縱使偶爾到田裡來，也只是靜靜在一旁看我勞動罷了。

「喜歡夏天的花，就會在夏季死掉，這傳聞不知道是不是真的？」

今天母親也是待在一旁盯著我務農，突然沒頭沒腦地說了這麼一句話。我一言不語地給茄子澆水。啊……，這麼說來，時已至初夏了。

母親又輕輕地說道：「我呀，很喜歡合歡花，可是這庭院裡卻一株也沒有！」

「這院裡不是有很多夾竹桃嗎？」我故意用冷淡的口氣回答。

「我討厭那種花。雖然夏天的花，我大部分都很喜歡，卻獨獨嫌它太潑辣了！」

「我就喜歡玫瑰花！但是，玫瑰花是一年四季都開花的，照妳這麼說起來，喜歡玫瑰花的人是不是得春天死一次、夏天死一次、秋天死一次、冬天再死一次，非得死個四次才行？」

我倆相視而笑。

「要不要休息一下？」

母親一邊笑，一邊說：

「今天我有件事想和妳商量。」

「什麼事？如果是要談『死』的事，我可是敬謝不敏喔！」

我跟在母親身後，並肩坐在紫藤棚下，紫藤的花已經凋謝了，溫煦的午後陽光穿過葉子，落在我倆的膝蓋上，將膝蓋染得一片綠意盎然的。

「其實之前就一直很想找妳談談，但覺得還是得在兩人心情都很好的時候再談，好不容易等到了今天。反正也不是什麼好消息，可不知道為什麼，今天就是想跟妳說，來！請妳忍耐一下，聽我說完。其實……，直治他還活著。」

我全身都僵住了。

「五、六天前，收到妳和田舅舅寄來的信，以前在妳舅舅公司工作的人，最近從南方回來，到妳舅舅那拜訪，東拉西扯一番後，那人突然提起和直治同一個部隊，說直治很平安，也快要退伍回家了。嗯，可是，還有一件不好的消息，那個人說，直治好像非常沉迷於鴉片……。」

「又來了？」

我就像吃到很苦的東西般，嘴巴都歪了。直治高中時，模仿某位小說家的行為，對麻藥上癮了，因此向藥局積欠了一筆很可觀的帳，母親花了整整兩年的時間，才還清債務。

「對！他又重蹈覆轍了。但聽他說，若直治沒辦法戒掉的話，部隊不會允許他退伍，所以應該是醫好了才會放他回來。舅舅的信上說，雖然是戒了才會回來，但對這種需要特別注意的人，是沒辦法立刻讓他們去工作的。現在東京如此動盪，就連一般人都快瘋了，何況是剛戒癮成功的半個病人呢？他肯定馬上就會發狂的，到時候會做出什麼事來，我們也無法預料。所以，如果直治一回來，就要馬上把他帶回伊豆這山莊來，哪裡也不許他去，最好在這裡好好靜養，這是第一點。然後，和子，舅舅還說了一件事，那就是，我們已經都沒錢了，又碰上存款凍結[2]、財產稅等等，舅舅好像已經沒辦法跟以前一樣送錢給我們，而且直治就要回來了，媽媽、直治與和子三個人要是想輕鬆過日子，舅舅勢必要為這些生活費辛苦奔波不可。所以，趁現在要我們決定，看和子妳究竟是要嫁人，還是要找個人家幫忙？舅舅信上是這麼寫的……。」

「找人家幫忙的意思是……去當女傭？」

「不是啦！舅舅是說……哎呀！就是那個駒場。」

母親舉了某位皇族的名字。

「他的意思是，如果是那位皇族的話，與我們也有血緣關係，去那邊當家庭教師兼女傭的話，和子應該不會受委屈。」

「沒有其他工作了嗎？」

「舅舅說，其他工作對和子來說太勉強了。」

「為什麼勉強？嗯？為什麼會太勉強？」

母親光是露出落寞的笑容，一句話也沒說。

「我不要！這種商量，我不要！」

我知道自己開始在胡言亂語了，可是卻停不了口。

「我……我……我這鞋子……這鞋子……。」

一開口，眼淚就掉了下來，不禁「哇」地大哭起來。我抬起臉，一邊用手背擦拭

2 日本在一九四六年二月十七日所採行的金融緊急措施，凍結存款，在一定範圍內凍結現金的付款。

著眼淚，面對母親，心裡想著「不可以！和子！不可以這樣！」可是話語卻彷彿毫無意識，且和肉體不相干般，滔滔不絕地脫口而出。

「那時候……，那時候媽媽不也說了嗎？就是因為有和子在，就是因為和子陪著妳，所以母親才會來伊豆的，妳不是這麼說過嗎？不是說過，要是和子不在，妳就會去死，不是嗎？所以，所以就因為這樣，所以和子才會哪裡也沒去，一直陪在母親身邊，像這樣穿著分指鞋，就為了想種一些美味的蔬菜給妳，我滿腦子都這麼想，可聽到直治快回來了，突然覺得女兒礙事了，要我去做皇族的下女！太過分了！真的太過分了！」

雖然，我知道自己說了不該說的話，可是這些話就像是不相干、不受控制的生物般，怎麼樣都無法停止下來。

「窮了，沒錢了，變賣我們的和服不就好了嗎？也賣掉這間房子不就好了嗎？我什麼活都能做！要我去當村莊公所的女辦事員也沒問題！如果公所不用我，我也可以去打地基。窮沒有關係呀！只要媽媽疼我，我就一輩子留在妳身邊，我一直都這麼想的，可是沒想到母親還是比較喜歡直治，我走好了！我走！反正，我從以前就和直治個性不合，三個人要一起生活的話，對彼此都不好。這麼久以來，我也和媽媽兩人相依為命走過來了，想來也沒有什麼好遺憾的，以後就讓直治陪妳，讓直治孝順妳好了。我……我受夠了！我已經不想過這種生活了，我走！今天馬上就離開，現在就離開！」

我立即站了起來。

「和子！」

母親厲聲地喊著，用我不曾見過的嚴厲表情，忽地站起身來，面對著我，此時的母親看起來似乎比我還高一些。

雖然很想馬上道歉，卻怎麼樣都開不了口，反而還冒出別的話來。

「妳騙我！媽媽妳騙我！在直治回來之前，妳都一直在利用我，我只是母親的下女，等到沒有用處了，就要我滾去皇族家裡！」

我「哇」地一聲，站著嚎啕大哭起來。

「妳真笨呀！」

母親低沉顫抖的嗓音裡充滿了憤怒。

我抬起頭說：

「是啦！我笨嘛！我就是笨嘛！才會被妳騙了，就是因為笨，才會礙了妳的事，我還是不在比較好吧？窮到底是怎麼回事？錢到底是怎麼回事？我都不知道，我什麼都不懂啦！我就只相信愛，只相信媽媽的愛，只靠相信這份愛活過來的！」

我再一次地脫口說出一連串胡言亂語。

母親突然轉過頭去，哭了起來。我雖然想道歉，想抱住母親，請她原諒我，可是方才一直在忙田裡的事，手很髒，讓我有點兒介意，硬是冷淡地說：

「反正沒有我就好了，是吧？我現在就走，我可是有地方去的！」

拋下這句話後，我快步跑到浴室，一邊啜泣著，一邊洗了臉和手腳，回到房間，換衣服換到一半，又開始嚎啕大哭了起來，欲罷不能地愈哭愈大聲，只好跑上二樓，把自己拋在床上，棉被蒙頭蓋上，哭得呼天搶地，好像神志也有些不清楚起來，漸漸地對某人出現一股強烈的愛戀、孺慕之情，很想見見他、很想聽他的聲音，無端的思念欲罷不能，兩腳的掌心好像被針灸般地灼燙，漸漸萌生了一股很奇特的感覺。

接近傍晚時，母親靜靜地來到二樓客房，「啪」地一聲打開燈，然後慢慢走向我的床邊，用無比溫柔的聲音喊著：

「和子。」

「是。」

我坐起身來，兩手攏了攏頭髮，看著母親的臉，呵呵一笑。

母親也淡淡地微笑著，然後走到窗下的沙發裡坐下來，把整個身體埋在椅子裡。

「我呀！打從出生以來，第一次違背了和田舅舅的話。媽媽剛剛寫了回信給舅舅，告訴他，孩子的事就交給我自己處理。和子，把和服給賣了吧！把我們倆的和服都給賣了吧！狠狠地花上一筆錢，過一過奢侈的生活吧！我已經不想再讓妳做田裡的事了，就算拿去買貴一點的菜又何妨？每天下田作農，對妳而言太辛苦了！」

其實，我也開始覺得每天下田有點辛苦。剛才會如此瘋狂地哭鬧，也是因為作農的辛勞與悲傷的情緒交雜在一塊，一切對我而言都變得相當可恨、厭煩。

我坐在床上，低著頭，沉默不語。

「和子！」

「是。」

「妳剛剛說，妳有地方可去，是哪裡呀？」

我能感受到自己已經臉紅了，甚至連脖子都在發燙。

「是細田先生嗎？」

我仍靜默不語。

母親深深嘆了一口氣。

「可不可以談談以前的事？」

「請說。」

我小聲地回答。

「妳離開山木家，回到西片町的家中時，媽媽本來不打算過問追究妳什麼，但我還是說了句『妳背叛了我』。妳還記得這件事嗎？我說完後，妳就哭了……，說出『背叛』這種過分的字眼，我雖然覺得對妳很過意不去，但是……。」

然而，當時的我被母親這麼一說，心裡莫名地萬分感激，因此才喜極而泣。

「媽媽那時說妳背叛，並不是指離開山木家的事，是因為山木說，和子和細田其實有戀愛關係，我當時說背叛是指這件事。那時聽他這麼說，真的連臉色都變了。因為細田先生早就有夫人和小孩了，不管妳多麼喜歡他，都是沒辦法的事呀……。」

「說什麼戀愛關係，簡直太過分了！都是山木先生自己胡思亂想！」

「是嗎？妳該不會還忘不了細田先生吧？妳說有地方可去，是指哪裡？」

「不是細田那裡啦！」

「是嗎？那麼，是哪裡呢？」

「媽媽，前一陣子我仔細想了一想，人類和其他動物迥然不同的地方，究竟是什麼？不管是言語、智慧、思考、社會秩序等等，或許有某種程度的差別，可是其他動物不也都有這些東西嗎？他們可能也有信仰呢！人類雖然自詡是萬物之靈，但本質上似乎和其他動物毫無分別，不是嗎？不過，媽媽，只有一點確實不同。妳或許沒發現到吧？其他動物絕對沒有，只存在於人類身上的東西。那就是『秘密』，妳說對不對？」

母親微微紅了臉，笑得很美。

「這樣啊！和子的秘密如果能有好的結果就好了！媽媽每天早上都有請爸爸保佑和子一定要幸福呢！」

心裡突然回想起曾經和父親一起去「那須野」兜風的事，我們中途下了車，當時秋天原野的景致浮現了出來。遍地開滿了胡枝子花、石竹、龍膽、女郎花等秋季的花草。而野葡萄的果實，還青綠得很。

接著，和父親在琵琶湖乘船，我跳進水中，棲息於水草間的小魚游到我的腳邊，湖底清晰地映照著自己的腳影，我擺動了雙腳。這回憶雖然和現在這件事沒有任何關聯，卻不知為什麼突然歷歷在目，接著又消失不見。

我從床上滑下來，抱住母親的膝蓋，總算可以開口說出：

「媽，剛剛真的很對不起！」

現在回想起來，那段日子，彷彿就是我們幸福的餘燼般，散發著最後的光輝，不久後，直治從南方回來了，從此我們開始墜入真正的煉獄。

三、

「玫瑰花終於開花了！媽，妳知道嗎？我現在才發現呢！終於開花了。」

無論怎麼做，都能感受到那令人活不下去的無助感。這是否就是所謂的「不安」？苦悶的浪濤不斷打上心窩，就像白雲慌忙地相繼飛過驟雨後的天空，我的心臟時而被揪緊，時而放鬆，脈搏開始紊亂，呼吸變得稀薄，眼前一片黑，全身的力量瞬間從指尖流失，再也沒辦法繼續編織了。

這一陣子都是陰雨連綿的天氣，不管做什麼，都提不起勁來，意興闌珊的。今天將籐椅搬到房間的簷廊上，突然想將今年春天織到一半就丟開的毛衣繼續織完。那是帶著淡淡牡丹色澤的毛線，我打算再加一點鈷藍色的毛線織成毛衣。這淡牡丹色的毛線是從距今二十年前，自己還在讀小學時，從母親打給我的圍巾上拆下來的毛線。那條圍巾的一端可以當頭巾來戴，我把它戴在頭上照了照鏡子，覺得自己像個小妖怪。而且圍巾的顏色，與其他同學的顏色完全不同，所以很討厭它，討厭得不得了。雖然關西的納稅大戶同學曾以成熟的語氣讚美說：「真素雅的圍巾呢！」，但我反而更覺得丟臉，從此之後，就再也沒圍過這條圍巾，將它永遠打入冷宮。今年的春天，以廢物利用的概念，想把這條圍巾拆了，替自己打件毛衣，可是再怎麼說，還是不太喜歡這種混濁的色彩，所以打了一半又丟開。今天因無事可做，所以才突然找了出來，想慢慢繼續打打看，不過在編織的此時，淡牡丹色的毛線與天空灰濛濛的雨色合而為一，竟融合成難以言喻的柔美色調。我都不知道，原來服裝必須考慮到與天色之間的和諧才行，這麼重要的事，我竟從來都不曾發現。所謂的「和諧」是件多麼美麗、絕妙的事呀！這個發現令我感到些許驚訝與愕然。天空灰濛濛的雨色和淡牡丹色的毛線，兩者組合後，彼此都同時生動活潑了起來，相當不可思議。手中的毛線突然變得很溫暖，而天空冷漠的雨色也幻化成天鵝絨般柔軟。於是，我想起莫內的畫——「霧中的教堂」，透過這條毛線，我似乎才第一次了解什麼叫「品味」。這品味真是高雅！母親清楚明白，冬季的下雪天與這淡牡丹色將會美麗地融合在一塊，所以才特意挑給我戴，而我卻愚蠢地嫌棄它，但是，母親她卻從來都沒逼自己的孩子非得圍著它不可，反倒是任我將它晾在一旁、置之不理。在我真正了解到這色彩的美麗之前，這二十個年頭裡，母親從未向我說明過這色彩是多麼美麗，只是默默地、若無其事地等著我覺醒。我深刻地體會到，她真的是一位好母親，同時也覺得這麼好的母親竟聽任我和直治兩人欺負她，害她煩惱，令她消瘦，說不定不久後就會這樣害死了母親，一想到這裡，心中突然湧出充滿恐懼與不安的積雲，東想西想，思緒愈陷愈深，覺得前途無比駭人，只描繪得出險峻的未來，漸漸感受到那令人活不下去的不安，指尖驟然無力，我將棒針丟在膝蓋上，重重嘆了一口氣，仰起臉閉上眼睛，不覺地喊了一聲：

「媽媽。」

母親正靠在房裡一隅的桌上看書，疑惑地回應道：

「什麼事？」

我不知該如何解釋，只好更大聲地說：

「玫瑰花終於開花了！媽，妳知道嗎？我現在才發現呢！終於開花了。」

那是房間簷廊前方的玫瑰花叢，忘了是從法國還英國，總之，是和田舅舅從很遠的地方帶回來的玫瑰花，兩、三個月前，舅舅將它移植到這座山莊的庭院來。今天早上才終於開了一朵花，雖然我本來就知道玫瑰花開了，但為了掩飾剛才的嘆息，只好裝出現在才發現般大驚小怪地嚷嚷著。這朵花有著很深的紫紅色，散發著凜然的傲氣與堅韌。

「我知道呀！」

母親靜靜地繼續說：

「對妳來說，這種事好像很重要喔！」

「或許是吧！我這樣，很可悲嗎？」

「不會呀！我只是想說妳總是這樣而已。像是把雷諾瓦[3]的畫貼在廚房的火柴盒上，或是做娃娃的手帕，妳總喜歡這些東西。而且，就連庭院的玫瑰花，聽妳談起它

3 皮埃爾—奧古斯特．雷諾瓦（一八四一年～一九一九年），法國印象派畫家。

們的口氣，簡直好像在說活生生的人呢！」

「因為我沒有孩子呀。」

口無遮攔地說出了連自己都訝異的話。話語脫口而出後，我嚇了一跳，尷尬地扯動著膝蓋上的毛線。

此時，我彷彿清楚地聽見一個男人說：「畢竟都二十九歲了嘛！」聲音像是從話筒的另一端傳來般令耳邊作癢，我羞得臉頰發燙，簡直要燒了起來。

而母親一句話也沒說，繼續看起書。她從前一陣子開始就戴上了紗布口罩，不知道是不是因為這個關係，母親最近總是很安靜。其實，母親之所以會戴起口罩來，也是因為聽了直治的話。直治在十天前，從南方島上曬得一臉黝黑地回來了。

事先完全沒有任何通知，在夏天的黃昏中，從後方的木門一路走進庭院來。

「哇！誇張！這房子真沒品味。乾脆貼個牌子——來來軒，本店有販售燒賣。」

這就是隔了許久再見面時，直治對我的問候語。

從直治回來的兩、三天前開始，母親就因為舌頭痛而臥床休息。雖然舌尖看不出有什麼異樣，可是一動就痛得不得了，連飯也只能吃很稀的稀飯，問她要不要看醫生，母親也只是一勁地搖頭。

「會被人家笑！」母親苦笑著說道。雖然已經幫她抹了碘液，但似乎完全沒有效果，我不禁開始焦急起來。

然後，直治回來了。

直治坐在母親的枕邊，點了點頭說：「我回來了！」接著馬上站起來，在屋裡四處繞來繞去，我跟在他身後走了出來。

「怎麼樣？媽媽變了嗎？」

「變了！變了！憔悴得很，還是早點死一死比較好。在這種亂世，媽媽根本活不下去，簡直慘不忍睹。」

「我呢？」

「變得很低俗呢！一臉看起來就像有兩、三個男人。酒呢？今晚要喝一杯！」

於是我到村莊唯一的旅店去，向老闆娘小咲姊說弟弟生還回來了，請她賣點酒給我，但小咲姊說酒正好賣完了，所以只好回去這麼跟直治說，結果直治露出我不曾看過的陌生表情說：「呸！妳就是太不會交涉了，才要不到酒！」問了我旅店的地址，就穿著庭院用的拖鞋飛奔出去，之後，不管我怎麼等，他都沒有回來。我準備了直治愛吃的烤蘋果，和一些雞蛋料理，餐廳裡也換上了更亮的燈泡，我等了好一段時間，這時候，小咲姊從廚房門口探出頭來：

「嘿、嘿！沒事吧？他現在正在燒酒呢！」

她睜著一向圓滾滾的眼睛，好像碰到什麼大事般，刻意壓低了聲音說道。

「燒酒？是甲醇酒精嗎？」

「雖然不是甲醇酒精！可是……。」

「那麼，喝了也不會生病吧？」

「是啦！不過……。」

「請讓他喝吧！」

小咲姊欲言又止地點著頭回去了。

我來到母親的房間說：

「他好像正在小咲姊的店裡喝酒。」

母親聽完，嘴角微微撇了一撇，笑著說：

「是嗎？那麼，鴉片應該戒了吧！妳把飯給吃了，今晚我們就三個人在這間房睡，把直治的棉被鋪在中間。」

我很想哭。

深夜裡，直治踏著沈重的腳步聲回來了。我們三人，在房裡鑽進同一個蚊帳下就寢。

「把南方的事說給媽聽聽，好不好？」我躺著說。

「沒事，沒什麼好說的，我都忘了。一回到日本，搭上火車，從火車的窗戶望去，稻田無比美麗。就這樣。把燈給關了吧！亮得睡不著。」

我把電燈熄了，夏夜的月光像潮水般淹沒了整張蚊帳。

第二天一早，直治趴在床上抽著煙，遠眺著海。

「妳說妳舌頭痛呀？」

他的語氣像是現在才發現母親身體微恙似的。

母親只是淡淡地笑了一笑。

「這種一定是心理作用！妳晚上都張著嘴巴睡覺吧？真邋遢！把口罩戴上吧！拿紗布泡在黃藥水裡，然後將它放在口罩裡就行了。」

我聽完他的話，不禁噗嗤一笑。

「這叫什麼療法來著？」

「叫美學療法！」

「可是媽媽肯定不喜歡戴口罩吧！」
不止是口罩，母親連眼罩、眼鏡等任何戴在臉上的東西都很討厭。
我問：「媽，要不要戴口罩？」
母親嚴肅地低聲回答：「戴！」
我嚇了一跳，只要是直治說的，母親似乎都深信不疑。
我在吃完早餐後，就照方才直治所說的，把紗布浸泡在黃藥水，做了個口罩，拿給母親後她默默地收下，乖乖地躺著將口罩兩端的繩子套在耳後，看起來就像年幼的小女孩，看了覺得很難過。
中午過後，直治說自己得去找東京的朋友，那人是他文學方面的師長，於是換上西裝，向母親要了兩千圓後出發去東京了。一去十天，音訊全無，而母親還是每天戴著口罩，苦等直治回家。
「這黃藥水真是好，戴上口罩後，舌頭就不痛了呢！」

母親笑著如此說道，但我怎麼樣都覺得她在說謊。儘管嘴上說沒事，就算已經能起床走動了，但母親仍舊毫無食慾，話也變得很少，令我非常非常地擔心。直治他到底在東京幹什麼呀？肯定是和那個叫上原的小說家玩遍了整座東京，沉溺於東京奢迷的瘋狂氣氛之中了。愈想就愈擔心、愈痛苦，所以才會和母親聊玫瑰花開時，脫口說出「因為我沒有孩子呀！」這種連自己都料想不到的話，我真是愈來愈糟糕……。

「啊……。」

我喊了一聲後站起了身來，無處可去，無容身之處的我，搖搖晃晃地爬上了階梯，來到了二樓的洋房裡。

四天前，我和母親商量過後，打算將這裡暫時作為直治的房間，於是拜託山下農家的中井先生幫忙，將直治的衣櫃、書桌、書櫃及有五、六箱裝滿藏書和筆記本的木箱……，總之就是把直治在西片町家房間裡所有的東西都搬過來，等直治這次從東京回來後，再按他自己喜歡的位置擺好，在他回來前，先這樣隨地擺著應該比較方便，於是房間雜亂地塞滿了他的東西，幾乎沒有立足之地，我不經意地順手從腳邊的木箱中，抽出一本直治的筆記本，封面上寫著：

夕顏日誌

而筆記本內隨筆寫著以下的文章，好像是直治飽受麻藥成癮之苦時的手記。

宛如活活燒死般。雖萬分痛苦，卻連句苦都喊不出聲，自盤古開天以來未曾有過、史無前例、深不可測的煉獄，別掩飾這些跡象啊！

思想？假的！主義？假的！理想？假的！秩序？假的！誠實？真理？純真？全都是假的！牛島藤[4]樹齡近千年，熊野藤[5]則有數百年樹

4 崎玉縣春日部市東部牛島的天然藤。

5 靜岡縣磐田郡豐田町行興寺的天然藤。

齡，據說其花穗也如其盛名，前者最長九尺，後者也有五尺有餘，我的心只為那些花穗悸動。

彼亦人子。生存於世。

法則，終究是出自對法則的愛，並不是對生者的愛。

碰上金錢與女人時，道理只會羞愧、倉皇離去。

比起歷史、哲學、教育、宗教、法律、政治、經濟、社會這些學問，還不如一位處女的微笑來得寶貴，這是浮士德博士[6]勇敢的證言。

學問，是「虛榮」的別名，是人類努力擺脫人性的行為。

我也敢對歌德發誓。我無論怎麼樣都能妙筆生花。整篇構成精準，有適度的詼諧、使讀者眼眶泛熱的悲傷，亦或令人肅然，所謂正襟危坐的完美小說，若放聲朗讀，就像是螢幕上的解說，簡直令人害臊，我怎麼可能寫得出來。說到底，那種傑作意識是很低俗的。讀個小說就肅然起敬，那根本是瘋子的行徑。這樣的話，不如乾脆也穿上羽織褲裙讀。愈是好的作品，愈不會裝腔作勢。我一心只想看見朋友發自內心的笑容，才會刻意把一篇小說寫得很失敗、很拙劣，接著摔了一跤後，搔搔頭逃走。哎！朋友當時的神情有多開心呀！

文不成文，人亦無應有的風情，吹著玩具喇叭高聲大喊「這裡有日本第一的傻瓜，你還算不錯的，珍重！」我這份替人祈禱的情意，到底算什麼呢？

朋友面露得意，這是那個傢伙的怪癖，實在可惜！他絲毫沒察覺到，自己正被愛著。

這世上有品行端正的人嗎？

6 是德國十六世紀傳說中的人物，是名學識淵博的學者，為了無盡的知識和現世的幸福，向魔鬼出賣了靈魂。許多藝術創作都將其作為藍本，如歌德的《浮士德》、白遼士的《浮士德的天譴》等。

無聊透了！

我要錢！

不然，

就讓我長眠不起吧！

在藥局積欠了將近一千圓，今天偷偷帶當鋪老闆來到家裡，叫他看我屋裡有沒有什麼值錢的東西，有的話就快拿去，因為我急需用錢。老闆看也不看地說：「這房裡的家具，又不是你的東西！」，「好！這樣的話，你就把我以前用零用錢買的東西拿走吧！」我如此狂妄地說道，可我蒐集的東西都是些廢物，沒一樣值錢。

首先，是一個單手石膏像。這是維納斯的右手。像大理花般的手，如雪花白的手，就這樣直接擺放在底座上，不過仔細一看，就能發現這是維納斯被男人看見裸體時，驚慌失措，羞愧難當，整身赤裸，胴體透紅，被一覽無遺，羞得發燙，扭過身子的手勢，維納斯對裸身所感受到無法喘息的羞愧，透過指尖毫無指紋，掌心也無一絲掌紋的雪白纖手展現了出來，令人為之哀痛，不覺面露悲傷。但，這卻是世人所謂的不實用的廢物，當鋪老闆估它值五十錢。

其他，像是巴黎近郊的大地圖、直徑將近一尺的假象牙陀螺，可以寫出如絲線般細緻字體的特製筆，全都是些被我當作稀世珍寶而買下的物品，可是老闆卻笑著說：「我先告辭了！」，「等一下！」我大聲制止，結果，我還是讓老闆揹走了如山般高的書籍，收下了五圓。我書架上的書幾乎都是廉價的文庫本，而且有些還是從舊書商那裡買來的，自然沒什麼價值，就這麼便宜了。

想變賣東西來解決千圓債務，最後只得到五圓。在這世上，我的實力就僅於此，真叫人笑不出來。

頹廢？但，若不頹廢，我就活不下去了。比起責備我的人，我更感謝叫我去死的人。直接了當！可是一般人都很少直接叫人去死。真是小家子氣，全都是城府深密的偽善者。

正義？所謂階級鬥爭的本質，並不包含在內。人道？開什麼玩笑。我明白得很，為了自身的幸福，就得扳倒對手，殺死對方！這行為若非「去死」的宣告，那又算什麼？可別敷衍了事啊！

然而，在我們的階級裡，沒什麼像樣的傢伙。全都是白癡、幽靈、守財奴、瘋狗、吹牛王、裝腔作勢，從雲上撒尿的傢伙。

連叫他們去死，都是一種浪費。

戰爭！日本的戰爭根本就是自暴自棄的行為。

我才不要捲入自暴自棄而死，我才不要！還不如自己一個人悄悄地死！

人們在撒謊時，肯定是一臉正經的，這時候的指導員全都一臉正經，呸！

好想和那種不屑受人尊敬的人交遊。

但，這麼棒的人，又不屑與我交往。

我要是故作成熟，人們就說我早熟；我要是擺出懶散的模樣，人們就說我懶惰；我若裝作不會寫小說，人們就說我寫不出好東西；我裝成騙子，人們就說我是騙子；若是假裝成有錢人的模樣，人們就說我是公子哥兒；故作冷淡時，又說我冷酷無情。然而，當我真的深陷痛苦，不覺呻吟起來時，大家卻又說我是在「無病呻吟」。

這簡直，太前後矛盾了。

結果，除了自尋死路之外，也別無他途了吧！

一想到自己就算這麼痛苦，最終也只能以自殺來了結自己時，我不免放聲痛哭了起來。

春天的早晨，太陽照射在綻放了兩、三朵梅花的枝頭。據說一名海德堡的年輕學生，在梅樹的枝頭上，上吊自縊了。

「媽媽，請罵我吧！」

「怎麼罵？」

「罵我膽小鬼！」

「是嗎？膽小鬼呀……嗯！你準備好了嗎？」

媽媽有著無可比擬的溫柔與善良，只要一想到媽媽，我就忍不住想哭！為了向媽媽致歉，我只有一死！

原諒我吧！現在，一次就好，請原諒我吧！

一年復一年

雛鶴兩眼盲

年歲漸漸長
壯了亦可悲
（元旦試作）
嗎啡、阿托摩爾、納爾科朋、潘托邦、羥二氫可待因酮、鴉片生物鹼鹽酸鹽、阿托品……。

什麼是自尊？所謂的自尊是……。
要是人類，不！要是男人心裡不想著「我是很優秀的」、「我有我的長處」是否就活不下去了呢？

討厭著人，也被人討厭！
比較著智慧。
嚴肅等於愚蠢。
總之，只要活著，就肯定會耍詐！

某封借錢的信：

請回信！

請務必回信！

並且，請一定要給我好消息。

我已設想了各種的屈辱，正孤獨地呻吟著。

我不是在演戲，絕對、絕對不是！

拜託！求求妳！

我幾乎要羞愧而死了！

絕沒有誇大。

日復一日，都在等著妳的回覆，日以繼夜，都惶恐不安地等待著妳的回覆。

求妳不要讓我吃閉門羹，

我聽見牆壁傳來偷偷訕笑的聲音，深夜，我躺在地上輾轉難眠。

請別讓我蒙受恥辱！

姊姊！

讀到這裡，我闔上了這本《夕顏日誌》，將它放回木箱裡，接著走到窗邊，把窗戶全都打開，一面俯看著細雨濛濛的庭院，回憶起當時來。

已經六年了，直治沉溺於痲藥一事，成了我離婚的原因。喔，不！話不能這麼說，即使直治沒染上藥癮，我早晚也會因為某個機緣，走上離婚一路吧！彷彿打從出生時，就早已命中註定。直治苦於支付藥局的費用，經常向我要錢，那時自己才剛嫁到山木家去，自然是不能隨意用錢，而且將婆家的錢偷偷支借給娘家的弟弟，這種事想是萬萬不可行，我和從娘家帶來陪嫁的女僕阿關孄商量後，把我的手鐲、項鍊、衣物等都給變賣了。弟弟來信求我給他錢，並且還寫上了這樣的內容：

由於我現在非常痛苦也十分羞愧，沒有臉見姊姊，甚至也沒辦法通電話，所以請把錢託付給阿關嬸，請她送到住在京橋某區某段的茅野公寓裡，姊姊應該也聽過屋主的大名，也就是小說家上原二郎先生。雖然社會對上原先生的風評不好，可是他絕對不是那種人，所以請放心將錢託放在上原先生那裡，上原先生會馬上打電話通知我的，請妳一定要這麼做。這次染上藥癮的事，我最不想讓媽媽知道，我會在媽媽還不知情時，努力戒掉藥癮。這次拿到姊姊的錢後，會把積欠藥局的錢還清，然後就到鹽原的別墅去，把身體養好後就回家。真的！只要還清積欠藥局的錢，我就再也不碰麻藥，我對天發誓，請妳一定要相信我！不要告訴媽媽，盡快請阿關把錢送到上原先生的茅野公寓。

信中寫了以上的內容，我照著信上的指示，請阿關嬸把錢偷偷送去上原先生的公寓。然而，弟弟信中的誓言，一向都是謊言，後來他既沒去鹽原的別墅，藥癮也愈來愈嚴重的樣子。但信中苦苦哀求著錢的內容，都是近乎悲鳴般痛苦的語氣，說這次一定會戒掉的種種誓言，悲傷得教人不忍直視，儘管懷疑他這次可能又在騙我，但我還是請阿關嬸賣掉我的胸針，把錢送到上原先生的公寓裡。

「上原先生是個什麼樣的人？」

「身材短小、臉色不太好，很傲慢的一個人。」阿關嬸這麼說。

「但他本人不常在家，通常都只有太太和一個年約六、七歲的小女孩在家。這位太太雖然長得不太漂亮，卻非常溫柔有禮，看起來人很好。如果是那位太太的話，可以放心把錢託付給她。」

當時的我，和現在的我比起來，不！根本無法相提並論，我已和從前截然不同，那時的我是個凡事糊塗、悠哉度日的人，可儘管如此，由於直治一而再，再而三的要錢，而且金額也逐次增加，我也不免開始擔心了起來，某天，看完能樂準備返家時，搭車到銀座後，獨自走到了位在京橋的茅野公寓。

那時候，上原先生正一個人在房裡看報紙，身穿條紋的和服，上面套著一件深藍底的碎白花紋外套，不知該說他年輕，還是該說他上了年紀？他就像隻從不曾見過的珍奇異獸，給了我相當古怪的第一印象。

「我太太，剛才和孩子……一起去領配給品了。」帶著些微的鼻音，上原先生有一搭沒一搭地說著，看來是將我誤以為他太太的朋友了。當我說自己是直治的姊姊時，他冷冷一笑。我莫名打了一個寒顫。

「我們出去吧！」

話一說完，他就披上了斗篷外套，並從鞋櫃中取出一雙新的木屐套在腳上，飛快地走向公寓的走廊外。

外面正逢初冬的黃昏，風帶著刺骨的寒意，感覺似乎是從隅田川吹來的風。上原先生迎著逆風前行，微微聳起右肩，往築地的方向默默走去，而我則踩著小碎步快跑在他的後頭。

我們走進東京劇場後方大樓的地下室裡。約二十帖大的細長房中，有四、五組客人圍著桌子，靜靜地飲酒。

上原先生拿起玻璃杯喝起了酒。接著他也為我拿了一個杯子，要我也喝一杯。我雖喝了兩杯酒，卻毫無醉意。

上原先生喝著酒、抽著煙，始終靜默不語，我也跟著陷入沉默。自出生以來，我還是第一次造訪這種場所，但我卻感到十分安心，心情相當愉悅。

「若只是喝喝酒就好了！」

「咦？」

「不，我是說妳弟弟，要是能轉成酒癮就好了。我以前也對麻藥上癮過，人們都對這件事嗤之以鼻，酒癮明明也是大同小異，但人們對酒癮卻意外地寬容！不如把弟弟變成酒鬼，不錯吧？」

「我曾經看過酒鬼呢！那時剛好是新年，正打算出門時，我們家司機的朋友坐在副駕駛座，臉紅得像個妖怪一樣，大聲地打著鼾呢！我嚇得放聲大叫，結果司機說，這個人老愛喝酒，拿他沒轍，說著說著，就把他拖出車外，將他一肩扛起後，就不知道帶去哪裡了。那個人彷彿沒有骨頭般軟趴趴的，都醉成這副德行了，嘴裡還不知道在喃喃自語些什麼，那是我第一次看到人家喝醉酒的模樣，還挺有趣的。」

「我也是個酒鬼。」

「咦？可是，應該不一樣吧？」

「像妳，也是酒鬼。」

「才沒有這回事呢！我可是有看過酒鬼的，完全不一樣！」

上原先生第一次露出開心的笑容。

「那麼，妳弟弟或許也當不成酒鬼！總之，先把他弄成會喝酒的人好了，回去吧！時間太晚，妳也會傷腦筋吧？」

「不會，沒有關係的。」

「不，其實是我覺得太悶了。小姐，買單！」

「會不會很貴？雖然不多，但我身上有點錢。」

「是嗎？那麼，就讓妳買單囉！」

「說不定錢不夠呢！」

我看著皮包，跟上原先生說裡頭有多少錢。

「帶這麼多錢，那還可以喝上兩、三家呢！真是愛說笑！」

上原先生皺著眉說道，然後笑了起來。

「那要不要再上哪裡喝一杯？」

聽我問完，他卻一本正經地搖搖頭。

「不，已經喝夠了。我幫妳攔一部計程車，快回去吧！」

我們從地下室陰暗的樓梯，拾階而上，比我早一步的上原先生走到樓梯中段時，突然回過頭來，飛快地在我嘴上親了一下，我緊閉著雙唇，接受了他的吻。

雖然，我對上原先生毫無愛慕之情，但從此刻開始，這個「秘密」就埋藏於心中了。當上原先生「喀、喀、喀」地爬上樓梯後，我也懷著不可思議的明朗心情，慢慢爬上樓來，一走到外面，清爽的風拂面吹過，感覺舒服極了。

接著，上原先生就幫我招來了計程車，我倆沉默地分手了。

「我有了喜歡的人！」

某天，因為被丈夫斥罵，頓覺寂寞，不經意說出這話來。

「我早就知道了，是細田吧？妳無論如何都死不了心，是吧？」

我沉默不語。

每當發生任何不愉快的事，這個問題就會出現在我們夫妻之間，舊話重提。我想，我們可能已經沒救了。就好像剪壞了衣服的布料，已經沒辦法重新縫合起來了，只能全部丟掉，另外剪一塊新的布料了。

「難道，妳肚子裡的孩子是……。」

某天夜裡，當丈夫這麼指責時，我忍不住全身顫抖，驚駭得不得了。現在回想起來，當時自己和丈夫兩個人都太過年輕了。我從前一點也不懂什麼叫作「愛」，甚至也不明白什麼是「情」。我醉心於細田先生的畫作，於是到處和大家說：「要是能成為細田先生的妻子，那該會過上多美好的生活呀？若無法和那種志趣高雅的人結婚，那婚姻根本毫無意義！」，因此我才會被大家誤解，儘管如此，對情愛毫無觀念的我，卻不以為意地公然說自己喜歡細田先生，而且也從沒想過要化解這個誤會，所以才會釀成那麼大的風波，甚至連當時在我肚裡安睡的小嬰孩，也遭到丈夫懷疑，我們從沒開口提過離婚，但不知何時開始，周遭的人對我都漸漸冷淡，最後只好和陪嫁的阿關嬸一起返回娘家，接著，我生下了死胎，我也隨之病倒，而我，與山木之間的夫妻之緣，就這麼斷了。

對於我離婚一事，直治好像覺得自己得負一些責任，大吵大鬧地喊著：「我去死，我去死好了！」哭得臉都要爛了。當我問起弟弟到底欠藥局多少錢時，才發現那筆債已經變成一筆可怕的金額。而且，直到後來我才知道，弟弟當時不敢說出真正的數目，實際上的總額，是那數目的三倍之多呢！

「我見過上原先生了。他人真親切，之後你就找上原先生一塊喝酒吧？酒不是挺便宜的嗎？如果只是酒錢，我隨時都可以給你呀！至於欠藥局的帳，你就別擔心了，總會解決的！」

當我說曾經見過上原先生，並誇他是個好人後，似乎令弟弟開心得樂不可支，當晚就向我要了錢，去找上原先生了。

上癮本身，或許就是一種心理疾病。我稱讚上原先生後，向弟弟借了上原先生的著作來看，說了句「真了不起！」，弟弟便說「姊姊怎麼可能讀懂其中的奧妙！」。儘管如此，他卻十分開心推薦起上原先生別本著作：「那麼，妳也讀看看這本！」，之後，我也開始認真讀起上原先生的小說，並和弟弟兩個人討論起有關上原先生的種種，弟弟每晚都大搖大擺地去上原先生家玩，漸漸地，他便照著上原先生的計劃，將

「癮」轉向為酒精。至於欠藥局的錢，我和母親悄悄商量後，她一隻手蓋住臉，半晌都沒說話，許久後抬起頭，辛酸又淒楚地笑了一笑說：「想來想去，也想不到什麼好方法，雖然不知道得還上多少年，但也只能每個月一點一點還吧！」

之後，事隔了六年。

夕顏……。唉！弟弟應該也很痛苦吧！而且，他的前途還充滿了荊棘，即使到了現在，想必他還是不知道該做什麼，該怎麼做，只是每天拚了命地喝酒。

乾脆心一橫，變成真正的流氓呢？也許這樣一來，弟弟反而能輕鬆點。

這世上有品行端正的人嗎？筆記上寫了這麼一段話，被這麼一問，就覺得自己品行不好，舅舅也不好，甚至連母親，似乎也不算是好人。所謂的品行惡劣，是不是指溫柔的人呢？

四、

我現在很想向母親和弟弟說清楚，想明白地告訴他們，我從很久以前就愛上了一個人，將來希望能以情婦的身分過活。這個人，您應該也認識，他的名字縮寫就是M．C。

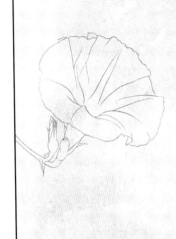

要不要寫信呢？我猶豫了很久。可是，今天早上突然想起耶穌的話來——「馴良像鴿子，靈巧像蛇」[7]。很奇妙地，突然覺得精神百倍，於是決定要提筆寫信給您，我是直治的姊姊，您應該不記得了吧？如果忘了，請仔細回想一下吧！

直治前陣子老是叨擾您，給您製造很多麻煩，請原諒（不過，說實在的，直治的事，是他自己惹的，我替他道歉，似乎沒什麼意義）。今天會寫信給您，並不是為了直治，而是為了我自己，有件事想麻煩您。我聽直治說，您京橋的府上遭到不測，所以最近才搬到現在的住所，我很想拜訪您位在東京郊外的府上，但母親最近這一陣子身體微恙，我沒辦法棄母親於不顧，自己一個人跑到東京去，所以只好寫信問候您了。

我有事想和您商量。

以過去女大學[8]的立場來看，我想商量的事是非常狡猾、粗鄙，甚至可能算是很惡劣的犯罪行為，但再這樣下去的話，我就，不，我們就活不下去了，於是，我想請身為直治在世上最最尊敬之人的你，聽聽我毫無虛假的心聲，並給予一些指點。

我再也無法忍受現在的生活了，這不是喜不喜歡、討不討厭的問題，照這樣過下去，我們母子三人就快要活不下去了。

昨天也十分痛苦，身體發熱、幾乎要喘不過氣，自己都不知該如何是好。午後時分，山下農家的女兒冒著雨扛米上來，我按照約定給了衣服，我和那女孩在餐廳裡相對而坐，喝茶時，她以相當現實的口

7 《新約聖經》的馬太福音第十章十六節，原文為：「靈巧像蛇，馴良像鴿子。」

8 為日本江戶時代流傳甚廣的女子訓戒書。教條主張：順從父母、丈夫、公婆，並勤於家政；此暗喻舊式的女子教育。

氣說道：

「妳這樣變賣東西，日子能過多久呀？」

「半年，或一年左右吧！」

我這樣回答了她，並用右手遮住半邊臉說：

「我好睏。睏得受不了。」

「妳太累了，可能是嗜睡的神經衰弱症。」

「或許是吧。」

眼淚在眼眶裡打轉，心裡突然湧現出「現實主義」和「浪漫主義」這樣的字眼來。在我的世界裡，並沒有所謂的現實主義。在這樣的狀態下究竟能不能好好活下去？每念及此，就感到全身哆嗦，滿是寒意。母親已經是半個病人，身體的狀況時好時壞，而弟弟就誠如您所知，是個心理罹患重症的大病人，在家的時候，就會到附近的旅店兼小餐館喝燒酒，每隔三天，就會用我賣衣服的錢去東京遊玩。然而，令我感到痛苦的，並不是這些事。我只是很害怕，我能清楚感覺到，在這樣的日常生活之中，我的生命就會如芭蕉葉直接在枝頭上腐爛般，就這樣佇立著自行腐爛。我真的，真的受不了了。所以，我就算是要背叛「女大學」的教條，也想逃離於現在的生活。

因此，我想和您打個商量。

我現在很想向母親和弟弟說清楚，想明白地告訴他們，我從很久以前就愛上了一個人，將來希望能以情婦的身分過活。這個人，您應該也認識，他的名字縮寫就是M·C。一直以來，我只要碰到悲傷的事，就會想逃到M·C的身邊去，相當思念他，幾乎思念到快死了。

M·C和您一樣有妻小，也好像有比我更美麗、更年輕的女性朋友。可是我除了逃到M·C身邊外，就別無生路了。雖然我沒見過M·C

的夫人，但聽說她是位非常溫柔的好女人，一想到他夫人，就覺得自己是個可怕的女人。但，我目前的生活比我自己可怕百倍、千倍以上，實在不得不仰靠M·C了。一如「馴良像鴿子，靈巧像蛇」，我想實現我自己的戀情。不過，不管是母親、弟弟，以及社會上所有的人，一定沒人會贊成自己。而您呢？您怎麼看？到頭來，我終究只能自個兒思考，單獨行動，除此之外，就別無他法，一想到這點，眼淚就會奪眶而出。這是自己有生以來首次碰到的難題，這個難題，難道真的沒有能夠受到眾人祝福的解套方式嗎？彷彿在思考複雜的代數因數分解的答案，我不斷苦思、苦思，偶爾會覺得找到了一絲頭緒，能將纏繞在一塊的線球漂亮地解開，心情跟著開朗了起來。

可是，最重要的是M·C將如何看待我呢？一想到此，就不覺沮喪起來。說起來，或許自己是「送上門」的吧？該怎麼說呢？也稱不上送上門的妻子，所以應該是送上門的情婦吧？因為是自己送上門的，所以如果M·C無論如何都不想要我的話，那就沒戲可唱了，因此想拜託你幫我問一下他。在六年前的某一天，我的心中突然架起了一道淡淡的彩虹，一開始雖然並沒有染上情和愛，但隨著歲月的更迭，那道彩虹的色彩卻愈加鮮豔立體，從不曾消失，一直駐立在我心頭。驟雨後天空架起的彩虹雖然終會消逝，但在心中架起的彩虹似乎是不會消失的。求求您，請幫我問問他，他當初是怎麼看待我的呢？是否正如雨後的彩虹呢？那道彩虹是否也早已消逝了呢？

若真如此，我也只好把我的彩虹抹去了。但，若不先捨去自己的生命，我心中的彩虹是難以消逝的。

希望能得到您的答覆。

上原二郎先生敬啟（我的契訶夫[9]。My Chekhov. M・C）

我這一陣子一點、一點地胖了起來，與其說自己愈來愈像動物，不如說自己更像個「人」。這個夏天只讀了一本勞倫斯[10]的小說。

因為之前的信一直沒有得到您的回覆，只好再提筆一次。上次寫給您的信裡，滿是我狡猾如蛇般的詭計。想必您都識破了吧？確實，我在信中的每一行每一句裡，都極盡了狡詐之能事。結果，這封信在您的眼中，或許只是希望得到您的生活援助，想跟您討錢的信吧？若是如此，我也不否認，但若我只是想要一個資助者，恕我直言，我是不會特別選擇您的，因為似乎有很多老富翁們很中意我。事實上，前陣子還有一樁奇怪的婚事，其中也有看起來不壞的姻緣呢！這位先生的姓名，我想您也應該聽過，他是六十好幾的單身老翁，好像是藝術院，還是哪裡的會員，總之這位大師為了要娶我，還專程跑到山莊來拜訪呢！因為這位大師就住在我們西片町家附近，所以有同個鄰組[11]的交情，偶爾會見面。忘記是什麼時候了，只記得是某個秋天的黃昏，我和母親兩人坐車經過這位大師家門前時，只見他獨自站在自家門旁發呆，當母親從車窗與大師點頭致意時，大師那鬱悶黝黑的臉龐，突然紅得比楓葉還紅。

「墜入情網了嗎？」

我開玩笑地說道。

9 安東．帕夫洛維奇．契訶夫（一八六〇年～一九〇四年），俄國作家，擅於撰寫短篇小說。著有《櫻桃園》、《三姊妹》、《海鷗》等劇作。

10 大衛．赫伯特．勞倫斯（一八八五年～一九三〇年），二十世紀英國作家。著有《兒子與情人》、《虹》、《查泰萊夫人的情人》等作品。

11 日本在第二次世界大戰時體制下的居民自治組織。由數個家庭圍一組，宗旨為互助、團結和振興地方自治。

「是喜歡上媽媽了吧！」

然而母親卻一本正經地說：

「不是的，他可是位了不起的人呢！」

母親像是自言自語地說道。看來，尊敬藝術家，是我們家的家風。

這位大師前幾年喪偶，透過和田舅舅某位善於謠曲的皇族，向母親說想和我結為夫妻，母親說：「和子不妨按自己的想法，直接回覆大師吧！」，我沒有多做考慮，因為不喜歡，所以直接提筆寫下：我目前沒有結婚的打算。

「拒絕他，沒關係吧？」

「當然。……我也覺得這姻緣不太可能談成。」

當時，因為大師人正在輕井澤的別墅，所以我直接將拒絕信寄到別墅去。到了第二天，他與那封信擦身而過，在因公前往伊豆溫泉的途中親自繞道我們家來，完全不知道拒絕信的事，突然來到了寒舍。所謂的藝術家，不管年紀多大，似乎還是會做出如此孩子氣的事來。

因為母親的身體狀況欠佳，所以就由我來接待客人，引他進中式房奉茶。

我說：

「那個……，我想拒絕婚事的信，現在應該已經送到您輕井澤的府上了吧？很抱歉，我仔細考慮過了，還是覺得……。」

「是嗎？」

他很焦急地說著，抹去了汗珠。

「不過，能不能請妳再慎重地考慮一下？不知道應該怎麼說才好，我或許沒辦法給妳所謂精神上的幸福，可是相對的，在物質上，我絕對能讓妳感到幸福的。就只有這一點，我可以拍胸脯保證。嗯，這番話或許說得太坦白了點兒！」

「我不太明白您所說的『幸福』是什麼意思。也許我這麼說，您會覺得我很狂妄，真是非常抱歉。不過，像契訶夫寫給妻子的信中，就曾寫著『請為我生小孩，生一個我們的小孩吧』。另外，好像是尼采[12]吧？在他的散文中也有這樣的描寫『想讓她替我生孩子的女人』。我想生個孩子，幸福這種東西，怎麼樣都無所謂。雖然我也很想要錢，但只要有養得起孩子的錢，對我而言就已經很滿足。」

大師陰陽怪氣地笑說：

「妳真是個難得的人。不管對誰都能說出真心話。如果能和妳這樣的人在一起，或許也能給我的工作帶來嶄新的靈感。」

他說出有些裝模作樣的話，一點也不符合年齡。如果說，憑我的力量，真的能對這位偉大藝術家的工作有任何助益，無非也是非常有意義的事。不過，我無論如何，都沒辦法想像自己與大師親熱的樣子。

「即使我沒有一顆愛戀的心，那也沒關係嗎？」

我微笑著問道。

大師回答：

「女人這樣就夠了。女人最好迷糊一點兒，比較好！」

「可是，像我這樣的女人，若沒有一顆愛戀的心，是無法考慮結婚的。我已經是個大人了，明年就三十歲了。」

我說著說著，不禁想摀住自己的嘴。

三十歲。對女人而言，在二十九歲之前，還保有少女的氣息。然而，三十歲的女人，她的身體已經毫無一絲少女的氣息了。這是以前

12 弗里德里希・威廉・尼采（一八四四年～一九〇〇年），德國著名哲學家。

在某本法國小說中裡的內容，這段話語突然浮現於腦海之中，一股難以承受的寂寥向我襲來，往窗外看去，沐浴在正午陽光中的海洋，好像玻璃碎片般，發出燦爛奪目的五彩亮光。當時在讀那本小說的時候，只覺得「沒錯，就是這樣」贊同了作者的想法，就這樣讀過去了。我懷念起那段，理所當然地認同了「女人的生活，到了三十就宣告終結」的時光。隨著手鐲、項鍊、衣服，與和服腰帶一件、一件離開身邊，我體內的少女氣息也愈來愈淡薄了。貧窮的中年婦女，喔，我不要！可是，即使是中年婦女的生活，也還是有屬於女人的一面吧？關於這一點，我最近才開始有所體悟。還記得英國女老師回國前，曾對當時十九歲的我這麼說：

「妳可不能談戀愛喔！妳呀！一旦談了戀愛，就會招來不幸。如果一定要談戀愛，那就等大一點再說吧，最好是三十歲以後再說。」

雖然老師這麼說，可是當時的我還是很茫然，因為那時根本沒辦法想像三十歲以後的事。

「我聽說妳這棟別墅要賣了。」

大師帶著不懷好意的表情，突然這麼問道。

我笑了起來。

「對不起！我想起了《櫻桃園》[13]的故事……，不知道您想買嗎？」

大師果然敏感地察覺了我話中的含意，生氣似地扁了扁嘴，沉默不語。

13 契訶夫於一九〇三年所作劇作；描述俄羅斯貴族——翁柳泊芙與其家人坐吃山空，宅邸（包含了個很有名的櫻桃園）面臨的拍賣，雖然商人羅巴金曾提出砍掉櫻桃園，改建為渡假別墅的解決方案，但卻未被地主接受，櫻桃園最終反而落入羅巴金的手中。

之前的確有位皇族想以五十萬新圓[14]買下這棟房子，但後來也就沒有下文了，這個謠言或許是傳到了大師的耳裡吧？不過，他似乎不喜歡我們把他想成《櫻桃園》裡的商人羅巴金，心情大受影響，後來只說了一些家常話後，他便告辭了。

我現在，想在您身上找尋的，並不是像羅巴金那樣的身影。這一點，我能向您保證。只想請您，接受我這個中年婦女的「送上門」。

第一次和您相遇，已是六年前的往事了。當時我對您這個人，可說是一無所知，只知道您是直治的師父，而且還認為您是有點壞的師父。之後，我們倆一起喝酒，接著，您還對我做了小小的惡作劇。但我並不在乎。只是心情上有點不可思議地輕揚了起來。當時對您既非喜歡，也並不討厭。過了一段時間後，為了討弟弟的歡心，向弟弟借了您的著作來看，時而覺得有趣，時而覺得無聊，雖然我並不是熱忱的讀者，但這六年裡，不知道從何時開始，您竟像霧一般滲透了我整個生命。那一晚，在地下室的樓梯間，我倆之間的事，也突然變得生動且鮮明起來，總覺得那是決定命運的最大關鍵，我是如此地思慕著你，只要一想到這或許是愛的徵兆，就感到十分寂寞不安，忍不住啜泣起來。您和別的男人完全不一樣，我可不像《海鷗》[15]一書裡的妮娜般，只是愛上了作家，我對小說家這類的職業毫無憧憬。如果您以為我是所謂的「文學少女」之類人，會令我徬徨不知所措的。因為我，只想為您生個孩子。

14 根據日本一九四六年二月的金融緊急措施令、日本銀行鈔券存入令等，過去的十元鈔無法通用（之後為五元鈔），進而日本銀行發行新鈔即稱為「新圓」。

15 契訶夫於一八九五年所作劇作；主角特里勃列夫夢想成為劇作家，與想成為名演員的妮娜曾為情侶，但因藝術理念不同而分手。妮娜後來愛上了名作家——特里果林，之後被作家拋棄，回到了舊情人的身邊。

要是能在更早以前，在您還是單身一人，而我也還沒嫁給山木的時候與您相遇，並結為連理的話，我或許就不會像現在這樣受苦了。我知道自己不可能與您結婚，已經完全死心了。諸如把您的妻子趕走的行為，就猶如卑劣的暴力，我不喜歡。就算要我做妾（雖然絕對、絕對不想用到這個字眼，可是所謂的情婦，不就是俗稱的「妾」嗎？所以請讓我明白地說出來吧！）也沒有關係。可是，一般來說，做人家妾的生活好像很辛苦。人們都說，妾一旦玩完了，大可一腳踢開。聽說等到將近六十歲時，不管哪個男人都會回到妻子的身邊。過去我也曾經聽到西片町的老爹與奶媽說過，什麼都能做，就是別做人家的妾。可是，我覺得這是社會一般的情況，如果是我們兩人，絕對不會發生這樣的事。對您來說，最重要、最重要的，我想，就是工作吧！所以，您要是喜歡我，我們兩人相親相愛的話，對您的事業應該也會有所助益。這麼一來，想必就能得到您夫人的認可。這聽起來，似乎像牽強附會的歪理，可是我卻覺得自己的考量絕對是正確的。

問題只在您的回覆罷了。您到底是喜歡我？還是討厭我呢？還是，根本就沒有把我放在眼裡？雖然我非常害怕您的回答，卻又不得不問清楚。上一封信中，我說自己是「送上門的情婦」，而這一封信又說自己是「送上門的中年婦女」，但現在仔細想一想，假若沒得到您的回答，我就算再怎麼想主動送上門，也是無計可施，只能暗自神傷、逐漸消瘦。果然，要是沒有您隻字片語的回答，是行不通的！

現在突然想起，您寫了許多類似戀愛冒險的小說，社會便對您貼上了「壞男人」的標籤，不過，您其實是位通情達理的紳士吧！我對所謂的「情理」一點也不懂，只要能做自己喜歡的事，就覺得是很好的生活。我好想生您的孩子，別人的孩子，我是怎麼樣都不想生的。

所以，我才會找您商量。您若是明白了我的想法，就請給我回答吧！請明白地讓我知道您的心意。

雨停了，開始颳風了。現在是下午三點。待會我要去領一級酒（六合）的配給，我把兩隻萊姆酒的空瓶放入袋子裡，並在胸口的口袋裡放入這封信，再十分鐘，就要出發至山下村裡，這一次換來的酒絕不讓弟弟喝，和子我要自己喝，每天晚上都要用玻璃杯喝上一杯。酒，其實就該用玻璃杯喝呢！對吧？

您要不要來我們家呢？

M．C先生。

今天又是個雨天，窗外正下著濛濛細雨。每天都沒出門，在家靜待您的回覆，然而直到今天都沒接到回信。您到底在想什麼呢？是不是因為我在上一封信中，提到了那位大師的事，惹您生氣了呢？您是不是覺得，我寫出有人提親的事，是故意要刺激您的競爭心理呢？不過，那件提親的事也僅止於上次的會面，並無下文了。剛剛也和母親笑談了這件事呢。母親前陣子說自己的舌尖很痛，而在直治的推薦下，實踐起了所謂的美學療法治療，靠著這個療法舌頭已經不痛了，這一陣子身體也好一點了。

剛剛站在簷廊，望著被風吹捲起的毛毛雨，揣測著您的想法時，母親從餐廳喚了我：

「牛奶熱好了，快來！太冷了，所以特意熱了牛奶。」

我們在餐廳裡，喝著冒著煙、熱騰騰的熱牛奶，提起之前與大師間的事。

「我跟那個人，一點也不配吧？」

母親滿不在意地說：

「不配！」

「我這麼任性，也不討厭藝術家，再加上，他收入似乎很不錯的樣子，要是跟他結婚，自然是不錯。可是，我就是沒辦法這麼做。」

母親笑了起來。

「和子，妳真是糟糕，既然這麼勉強不來，上次又為什麼和人家聊了那麼久呢？好像還談得很開心的模樣，妳的想法真讓人搞不懂。」

「唉呀！因為很有趣嘛！我還想和他多聊一會呢，因為我也沒什麼嗜好呀！」

「才不是，是妳太黏人了，和子很黏人的。」

母親今天似乎精神很好的樣子。

然後看著我昨天第一次挽起來的髮髻說：

「這種髮髻還是頭髮少一點的人梳起來好看。妳的髮髻太壯觀了，感覺好像戴了一頂小金冠一樣，不怎麼適合。」

「好失望喔。都是媽啦！忘了何時曾經說過我的頸子很白皙漂亮，還叫我最好不要遮起來呢！」

「妳就光記得這種事。」

「就算是再小的讚美，我也一輩子都不會忘記。牢牢記住，才比較開心。」

「上次想必也被那位先生讚美了什麼吧？」

「是呀！所以我才會黏著他，聊了很多話。他說什麼和我在一起，靈感就會源源不絕，哎！真讓人受不了。我雖然不討厭藝術家，可是像他這種高高在上，裝模作樣的人，我是怎麼樣都無福消受的！」

「直治的老師又是個什麼樣的人？」

我不禁打了個哆嗦。

「我也不太清楚，畢竟是直治的老師，肯定是惡名昭彰的壞蛋吧！」

「惡名昭彰？」

母親面露興趣地嘟噥著。

「這用詞真有趣，如果真的是惡名昭彰的話，反而既安全又好，不是嗎？就好像脖子上戴著鈴鐺的小貓般可愛，沒有惡名昭彰的壞蛋反而才更可怕。」

「是這樣的嗎？」

我好開心、好開心！身體彷彿要化作一股煙霧，快要被吸上天空般的感覺。您能明白嗎？為什麼我會這麼高興呢？您要是不知道的話……，我會打你喔！

您要不要真的來我家玩一次呢？若我要直治帶您回家的話，總覺得不太自然、有點古怪，所以最好您能以心血來潮、突然來此一遊的形式來我們家一趟。當然，您要讓直治帶您來也可以，不過我倒希望您盡可能單獨前來，並最好是挑在直治去東京、不在家時造訪。要是直治在家，您一定會被直治搶走，你們倆肯定會相偕到小咲姊的店裡喝燒酒，一定會這樣，錯不了的。看來，我們家祖先世世代代都很喜歡藝術家，像名叫「光琳」[16]的畫家從前就長期寄宿在我們京都的家中，他曾在我們的屏風上作畫。所以，您若是來訪的話，母親一定也會很高興的。您應該會睡在我們家二樓的洋房裡吧？到時候請別忘了先把燈給熄了，我會拿著小小的蠟燭，爬上樓梯……，不行嗎？也對，這樣的發展是有點太快了。

16 尾形光琳（一六五八年～一七一六年七月二十日），日本江戶中期的畫家、工藝家。

我喜歡壞蛋，更喜歡惡名昭彰的壞蛋。而且，我也很想成為惡名昭彰的壞蛋，除了這麼做之外，我似乎就沒別的生存方式了。您應該是日本最惡名昭彰的壞蛋吧！聽弟弟說，這一陣子有許多人說您「骯髒齷齪」、「無恥下流」，給了您無情的打擊。聽完後，我卻是更加愛慕您了。像您這樣的人，想必也一定有很多紅粉知己，但不知為什麼，我總覺得您一定會漸漸只愛我一個人，並且會和我一起生活，每天都能開心地工作。從小，別人就常對我說：「好像只要和妳在一起，就會忘記所有的辛勞！」，截至目前為止，從來沒有被人討厭過。大家都說我是個好孩子！所以，我想您也絕對不會討厭我才對。

只要能見一面就好了。現在這一刻，我再也不需要任何的答覆了。我只想和您見面！雖然我直接去您東京的府上拜訪是最省事的，但因為母親已經是半個病人了，而我兼任看護與傭人，怎麼樣都無法棄母親於不顧。求求您了。請您來這裡一趟吧！我好想見您一面。只要見上一面，您自然就會明白一切的。請來看看我嘴角旁的細紋，請來看看這世紀最悲傷的皺紋。比起我的一字一句，我的臉一定能更完整地讓您明白，我心中對您的思慕之情。

在第一封寫給您的信中，有提到我的心中正掛著一道彩虹，可是，這道彩虹不像螢火蟲的光亮或像星光那樣高尚而美麗。若是道淡泊且悠遠的懷想，我就不會這麼痛苦，想必能漸漸忘了您。而我心裡的彩虹卻是火燄之橋，是一種會灼燒胸口的相思。我想，麻藥成癮的人，買不到麻藥時的心情，肯定也沒有我此刻這麼痛苦。雖然一邊覺得自己一點也沒有錯、一點也不可惡，但偶爾還是會覺得，自己正打算做一件很笨、很愚蠢的事。每思及此便會打起冷顫，害怕得很。當然也很常反省自己是不是瘋了？儘管如此，這也是我冷靜計劃過的事。真的！請來我們家一趟吧！隨時都歡迎您，我哪裡也不去，隨時都在這裡等待著您，請相信我吧！

請再見我一面吧！再見面時，若您還是不喜歡我，請您明白地告訴我吧。是您點燃了我心中的火燄，所以請您滅了它吧！光靠我一個人的力量，是怎麼樣都無法滅掉這把火的。總而言之，唯有見面，只有見上一面我才能夠得救。假若現在是《萬葉集》[17]或《源氏物語》[18]的時代，我現在所說的一切根本不算什麼大事。我所期盼的，就是能成為您的愛妾，成為您孩子的母親。

如果有人敢嘲笑這封信，那個人即是在嘲笑女人想要活下去的努力，也就是在嘲笑女人的生命。我無法忍受凝滯在港灣的空氣，那幾乎要令人窒息的空氣。儘管港灣之外是狂風巨浪，我也想揚帆而去。休憩中的風帆毫無例外是最骯髒的。敢嘲笑我的人一定全都是休憩中的風帆，他們什麼也做不了。

我真是個讓人頭痛的女人。可是，其實最受這個難題折磨的人是我本人。對這道難題感到不痛不癢的旁觀者們，卻只會一面讓骯髒的風帆垂頭喪氣地休息著，一面大肆批評這件事，這根本毫無意義。我才不想讓他們批判自己有什麼什麼思想呢！我是沒有思想的人，從來不曾憑靠思想或哲學來行事，從來沒有過。

我很清楚，那些頗得社會好評、並備受尊敬的人，全都是騙子，都是偽君子！實在不相信社會，只有惡名昭彰的壞蛋才是我的夥伴。就算以「惡名昭彰」之罪被釘死在十字架上我也無所謂。即便遭受萬人責備，我還是能反駁他們，說你們這沒有被貼上標籤的壞蛋才是最

17 《萬葉集》，日本現存最古老的和歌集。

18 《源氏物語》為日本平安年間的長篇故事；計有五十四卷，紫式部作；是以光源氏為主的王朝故事。

危險、最可惡的壞蛋！

您能明白我的意思嗎？

愛是沒理由的，我似乎說了太多歪理，甚至覺得自己不過是在學弟弟的口氣。我其實只是在等待著您的到來，只希望能再見您一面，如此而已。

等待呀等待。唉！人類的生活裡有喜、怒、哀、樂與嗔恨等各式各樣的感情，可是這一切也只佔了人們生活裡極小的部分，大概只有百分之一的感情，而其他的百分之九十九都只是在等待中過日子，不是嗎？我是如此渴望聽到幸福的腳步聲在廊下響起，「會不會就是現在？」「會不會就是這一刻？」內心如此焦急地等待著，卻總是一場空。啊！所謂的「生活」怎麼會是如此一個「慘」字了得呢？現實裡，每個人都在想：「要是我沒出生就好了！」，然後每天從早到晚都毫無頭緒地期待著些什麼。太慘了，真的太慘了！好希望自己能說出：「活著真是太好了。」的字眼，好希望自己能以快樂的心態來看待「生命」、看待「人」、看待「社會」。

難道不能痛快地擺脫礙事的道德觀念嗎？

M．C（並非『My Chekhov』的縮寫，我並不是愛上作家這兩個字！My Child！）

五、

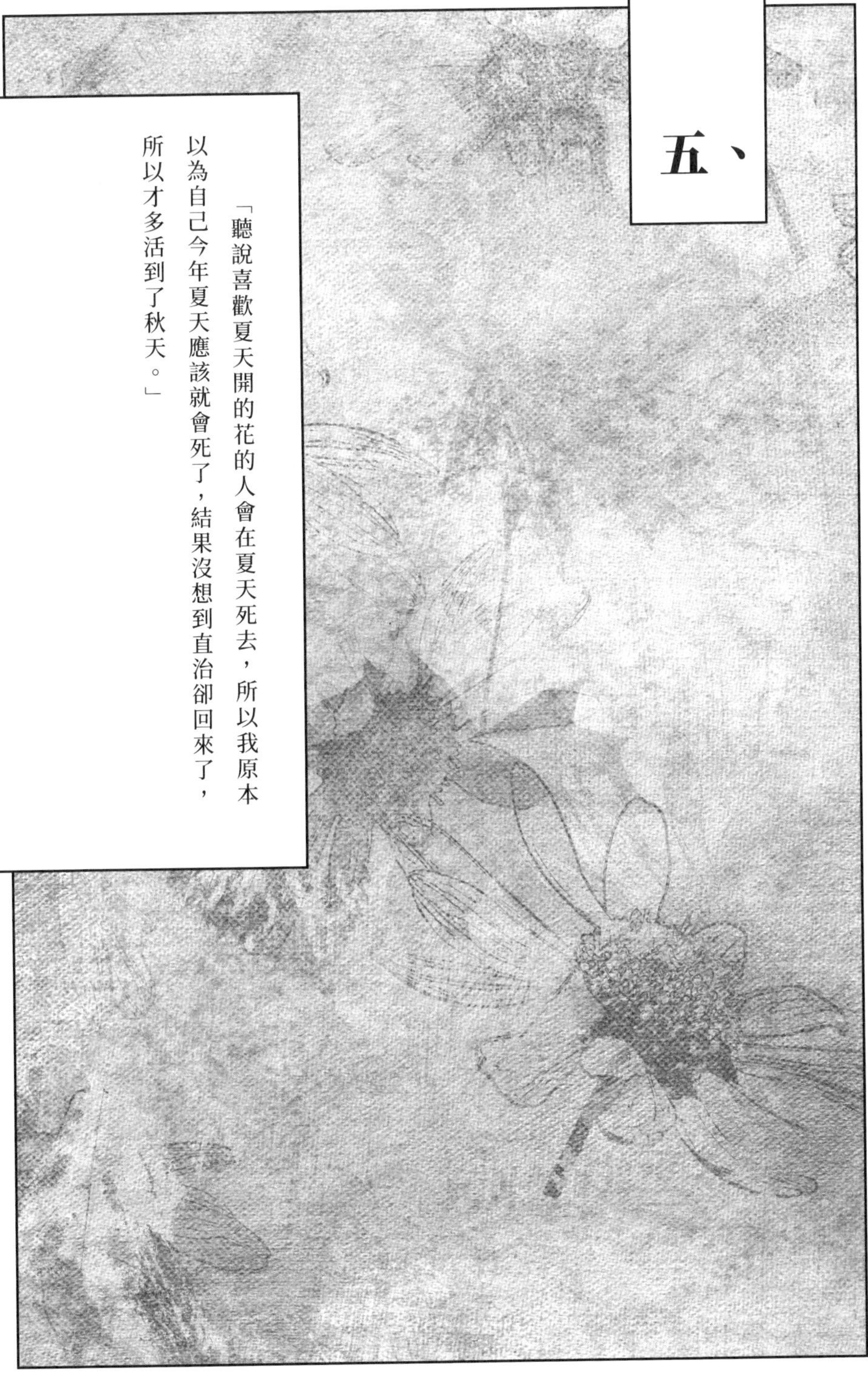

「聽說喜歡夏天開的花的人會在夏天死去，所以我原本以為自己今年夏天應該就會死了，結果沒想到直治卻回來了，所以才多活到了秋天。」

今年夏天，我曾寫了三封信給某位男子，卻沒有得到任何的回音。我反覆思索，還是覺得自己除此之外，再也沒有其他的生存方式。我在信中如實寫下了心理話，並以下定了從斷崖上跳向怒濤的覺悟下寄出的，但不管我怎麼等，都沒有任何回音。即使若無其事地向直治問起那個人的事，發現那個人的生活好像一點也沒變，每晚照常飲酒作樂，最近光寫些不道德的作品，遭受社會人士的唾棄、厭惡。他鼓勵直治從事出版業等相關工作，直治大感興趣，他和我說，除了那個人之外，他也有請其他兩、三名小說家擔任顧問，還說有人願意為他出資等等。聽著聽著，才發現，自己的色彩似乎完全沒有渲染進我所深愛的人身上。與其覺得丟臉，還不如說這個世界與自己想像的世界好像完全不同，宛如別種奇妙的生物般，只有我被獨自遺棄了，就好像站在秋日黃昏的曠野裡，不管我怎麼大叫、狂呼，都毫無回應，自己被這從未曾體驗過的悽愴襲擊。難道這就是「失戀」嗎？呆站在曠野裡的我，就只能這樣等到天色全黑，凍死於夜露中外，就別無他法了。欲哭無淚的愴慟突然使得兩肩和胸前如浪潮拍打般起伏，直覺得自己幾乎要窒息了。

這樣下去，也沒有結果的，只有想辦法親自前去東京，直接拜訪上原先生一途了。我的風帆既已揚起，也已經航出港灣了，我沒道理一直駐足不動，非得盡全力向前航行不可。但就在我心裡暗自決定準備去一趟東京時，沒想到母親的身體狀況又出問題了。

一晚，她突然劇烈咳嗽，一量體溫，竟有三十九度。

「可能是今天太冷了，明天就會好的。」

她一邊咳嗽，一邊小聲地說著，但我卻覺得母親的病情不單只是咳嗽，我決定，明天無論如何一定要請山下村裡的醫生來家裡一趟。

第二天早上，她的體溫降到三十七度，也不太咳嗽了，即便如此，我還是拜訪了醫生，將母親這陣子身體愈來愈差的狀況，以及昨晚有發燒，並咳得不太像一般感冒的情形，一五一十地向醫生報告，想請他去看母親一趟。

醫生說，等一下就會來家裡看母親，接著他從客廳角落櫃子上拿了三顆水梨給我，說是人家送的。接著，中午過後，他在和服上套了一件夏季的薄外套就來到了家裡，一如以往，仔細地詢問病況，聽診、把脈一番後，就面向我說：

「妳不必擔心，只要吃藥就會好了。」

我莫名地覺得很好笑，強忍著笑意問道：

「那要不要打針呢？」

醫生認真地回答：

「沒這個必要，只是小感冒、受了風寒罷了，只要靜養休息幾天，很快就會好的！」

可是母親的燒歷經了一週仍沒退去，雖然咳嗽是止住了，但每天早上的體溫都大約是三十七度七，到了傍晚就變成三十九度。而醫生自從出診後的第二天就開始鬧肚子痛，在家休息，我去找醫生拿藥時，也將母親的狀況跟護士小姐說明了，並請她轉告醫生。即使如此，醫生還是說母親只是患上了一般的小感冒，要我不必擔心，接著開了藥粉及藥水給我。

直治照樣去東京出遊，已經十多天了都還沒回來，我一個人因為太擔心了，所以寫明信片跟和田舅舅報告了，母親身體狀況微恙一事。

大約發燒到第十天，村裡醫生的肚子終於好了，於是前來看診。醫生以極為小心翼翼的神情，仔細地聽著母親的胸音，一面喊著：

「我知道了！知道了！」

然後再次面向我說：

「發燒的原因，我已經知道了。是左肺有點浸潤的關係，不過還是沒必要太擔心，可能還會再燒上好幾天，但只要讓她靜養就會康復的，不必太擔心。」

雖然心裡抱持著懷疑的態度，但就如溺水的人抓到麥稈般，既然村裡的醫生如此診斷，我也稍微鬆了一口氣、放下心來。

醫生回去後，我告訴母親：

「太好了！媽！不過就是小小的浸潤，大部分的人都會患上的。您只要保持好精神的話，病很快就會好起來的。都怪今年夏天氣候陰晴不定。最討厭夏天了。和子我最討厭夏天的花了。」

母親閉著眼睛，笑著說：

「聽說喜歡夏天開的花的人會在夏天死去，所以我原本以為自己今年夏天應該就會死了，結果沒想到直治卻回來了，所以才多活到了秋天。」

一想到就連直治那種人，也成了母親生命的支柱，我心裡就難過不已。

「不過，夏天都已經過去了，所以媽媽也算跨過危險期了。媽！庭院裡的蘆葦花都開了喔！接下來，就會是女郎花、地榆、桔梗、黃背草、芒草等等。院子裡已滿是秋意，到了十月，妳的燒也一定會退的。」

我心裡這麼祈求著。九月悶熱的天氣，也就是所謂「殘暑」的季節快點過去吧！

然後，等到菊花開了，轉為秋高氣爽的天氣時，母親的燒一定會退的，身體也會康復的，而我，也就能和「他」重逢，我的計劃想必也會像大朵的菊花般盛開。啊，十月最好快點到來，母親的燒快點退吧！

寄了明信片給和田舅舅後，才過了一個禮拜，在和田舅舅的安排下，曾擔任御醫的三宅老醫生帶著護士遠從東京出診。

老醫生因為和我死去的父親也有過交情，所以母親好像很高興能見到老醫生。而且，老醫生從以前就不太講求禮儀，講話大而化之，頗得母親的緣，於是當天的診察早已被兩人拋到一邊，十分興奮地閒話家常了起來。當我在廚房裡準備好布丁，端到房間時，診察好像已經結束了，老醫生不修邊幅地將聽診器像項鍊般掛在胸前，坐在走廊的籐椅上說：

「我呀，也會去小吃攤站著吃烏龍麵呢！管它好吃不好吃！」

兩人悠閒地繼續閒聊著，母親面無表情地端詳著天花板，聽著老醫生說話。我心想，沒事，原來一切都沒事，鬆了一口氣。

「怎麼樣呢？聽村裡的醫生說，她胸部左邊有一點浸潤，您怎麼看呢？」

不知怎地，自己突然開朗了起來，話一問完，老醫師也若無其事地回答：

「沒什麼，沒事啦！」

「啊！太好了，媽媽！」

我打從心裡露出了微笑，並告訴母親：

「醫生說沒事耶！」

這時，三宅先生從籐椅上站了起來，並往中式房的方向走去，似乎有事想找我談的模樣，所以我也跟了上去。

老醫生在中式房裡，站在壁畫映照下來的陰影處，告訴我：

「剛剛有聽到雜音喔！」

「不是浸潤嗎？」

「不是！」

「是不是支氣管發炎？」

這時，淚水已經在眼眶裡打轉了，我繼續追問著。

「不是！」

肺結核！我可不願意這麼想。如果只是肺炎、浸潤或支氣管發炎的話，我一定會盡全力醫好母親，可是如果犯的是肺結核的話，母親或許就沒救了。想到這裡，直覺得自己就快站不住了。

「聲音聽起來很不好嗎？聽得見雜音嗎？」

由於實在過於不安，我不禁啜泣起來。

「右邊也有、左邊也有，全部都有。」

「可是，媽媽還這麼健康！吃飯時也都一直說『好吃！好吃！』的。」

「已經束手無策了。」

「騙人！這不是真的，對不對？不會有這種事，對不對？只要給她吃蛋、奶油以及喝很多牛奶，她就會好起來的對吧？只要身體有抵抗力了，燒就會退吧？」

「嗯，什麼東西都讓她多吃一點吧！」

「對不對？就是這樣，對不對？像番茄，她現在一天吃五顆呢！」

「嗯，番茄不錯。」

「那麼，沒問題吧！一定會好的，對不對？」

「但，這次的病或許會要了她的命，妳最好要有心理準備。」

我發現這世界上存在著很多人力無法回天之事，像眼前這種絕望，是打從出生以來，第一次感受到的深刻無力感。

「兩年？還是三年？」

我發抖著，小聲問道。

「不知道。總而言之，已經沒辦法醫了。」

接著，三宅醫生說，當天已經預約了伊豆的長岡溫泉旅館，要和護士先回去了。我將他們送到門外，然後失神地走回來，坐在母親的床邊，若無其事地笑了起來，母親問道：

「醫生說了什麼？」

「醫生說，只要燒退了就會好的。」

「胸部呢？」

「好像沒什麼大礙。哎呀！一定跟前陣子生病的時候一樣。等天氣轉涼了，身體就會慢慢好起來！」

說完，我決定要相信自己的謊言。打算忘記醫生說這病會要人命的說法。對我來說，母親要是死了，恐怕自己的軀體也會隨之消逝，我完全無法接受這個事實。今後，我將忘掉一切，讓母親多品嚐一些好吃的東西。鮮魚、濃湯、罐頭、肝臟、肉湯、番茄、蛋、牛奶、清湯，如果有豆腐就更好了。豆腐味噌湯、白飯、年糕，所有好吃的東西，我都要買給母親吃，就算賣掉身邊所有的東西，也一定要給母親吃好吃的東西。

我起身走進中式房裡，將房裡的躺椅移到房間走道旁的位置，以便坐下來時，可以看見母親。正在休息的母親毫無一絲病容，美麗的眼睛閃爍著清澈的光芒，氣色明豔動人。每天早上都準時地起床梳洗，然後在三帖大的浴室裡自個兒編好頭髮，確實打理好服裝儀容後，回到房裡，坐在床邊，享用早餐，接著就或坐或躺地休息，上午的時候都在看報或讀書，一般都是下午才開始發燒的。

「看媽媽精神那麼好，一定沒問題的。」

我在心裡不斷否決著三宅醫生的診斷。

十月了，心裡念著菊花快要開了，而我想著想著竟迷迷糊糊地打起盹來。經常夢到現實生活裡從沒見過的風景，「啊，又來這裡了。」我夢見自己來到森林裡的清澈湖邊，和一名穿著和服的青年一起悄然無聲地走著，感覺所有的風景全都濛上一層淡綠色的霧氣，而湖底靜躺著一座白色小橋。

「哎呀！橋沉入湖底了，今天哪裡也去不得了，只好在這裡的旅館住一晚，應該還有空房才對。」

湖邊有一間石砌的旅館，旅館的石牆也被綠色霧氣濡濕了。石門上刻著金色、細緻的字體「HOTEL SWITZERLAND」，當讀到「SWI」時，不覺想起母親來，開始猜想母親現在怎麼樣了？會不會也來這間旅館呢？

然後，我便與青年一起鑽入石門裡，走到前院。霧氣氤氳的院子裡，類似繡球花的巨大紅花正火紅地盛開著。小時候，每當看見棉被上那紅色繡球花凋零的花紋時，總會沒來由地悲傷起來。原來，真的有紅色的繡球花呀！

「冷不冷？」

「嗯，有一點。霧氣弄濕了耳朵，覺得耳背好冰喔！」

我一邊笑，一邊問：

「不知道媽媽怎麼樣了？」

結果，青年用非常淒楚而慈愛的笑容回答我：

「那位女士，正躺在墓碑之下呢！」

「啊？」

我輕輕地低叫了一聲。原來如此。原來母親已經不在了呀，母親的葬禮，不也早就辦好了嗎？一旦意識到母親已經去世的事實，一股無法言喻的哀傷籠罩全身，不禁一陣哆嗦，我也從夢中清醒了過來。

陽台之外已是一片黃昏景致，方才下了一場雨，綠濛濛的寂寥感，隨著夢境飄散於眼前。

「媽媽！」

我叫喚道，接著傳來一道輕柔的嗓音：

「什麼事？」

聽見了母親的回應，我高興地跳了起來，快步走向床邊。

「我剛剛睡著了呢！」
「喔？是嗎？還以為妳在做什麼呢？這個午覺睡得好久喔！」
母親開心地笑了起來。
看到母親如此優雅地呼著氣，活在這個人世上，讓我十分開心，開心到熱淚盈眶。
「晚飯想吃什麼菜？我做給媽媽吃。」
我用淘氣的口吻問道。
「不用了，什麼都不想吃。今天燒到三十九點五度了。」
我突然像洩了氣的皮球般，陷入了沮喪。環看這昏暗的屋裡，好想一死了之。
「怎麼了？怎麼會燒到三十九點五度？」
「沒事的。只有發燒前，會比較不舒服。頭會開始有點痛，接著有點畏寒，然後就會開始燒起來了。」
屋外天色已暗，雨也好像停了，開始颳起了風。我點了燈，準備往餐廳走去，此時母親叫住我。

「太刺眼了，不要開燈。」

「妳不是不喜歡一直睡在暗暗的地方嗎？」

我站著問道。

「因為眼睛是閉起來睡的，所以有沒有點燈，其實都一樣。一點也不寂寞，我現在反而不喜歡太亮、太刺眼的感覺，所以以後房裡都別點燈了。」

母親如此回答。

我有股不祥的預感，默默關上了燈，我走到隔壁房，打開房裡的立燈，突然湧現出無比淒涼的感覺。我快步走到餐廳裡，把鮭魚罐頭倒在冷飯上，吃著吃著，眼淚不禁滂沱如雨下。

到了夜晚，風更大了，九點鐘左右，雨也開始下了起來，轉成真正的暴風雨。兩、三天前才捲起來的走廊竹簾，被風吹得發出「啪、啪」的響聲，我在隔壁房裡懷著一種莫名的興奮，讀起羅莎・盧森堡[19]所寫的《經濟學入門》，這是前幾天從二樓直治房裡找出來的書。當時還拿了《列寧詩選》以及卡爾・考茨基[20]所著的《社會革命》等，擅自借了過來。我把這些書攤在隔壁房的桌上，母親早上洗完臉經過我的桌邊，看到這三本書時，還逐一拿起來翻了一翻，然後小聲嘆了一口氣，把書輕輕放回桌上，用無比寂寥的表情望著我。那眼神裡滿是無限的悲哀，卻絕對不是抗拒或嫌惡的表情。母親讀的書都是雨果[21]、大小仲馬[22]、繆塞[23]、都德[24]等人的著作，不過，我知道就連那

19 羅莎・盧森堡（一八七一年～一九一九年），德國馬克思主義政治家，德國共產黨的創始人之一。
20 卡爾・約翰・考茨基（一八五四年～一九三八年），德國社會民主主義活動家，為馬克思主義發展史上的重要人物之一。
21 維克多・馬里・雨果（一八〇二年～一八八五年），法國浪漫主義作家，著有《巴黎聖母院》、和《悲慘世界》等。
22 亞歷山大・仲馬（一八〇二年～一八七〇年），法國浪漫主義作家，著有《基督山恩仇記》等作品。與其子──亞歷山大・仲馬（一八二四～一八九五），並稱大小仲馬。小仲馬為法國劇作家、小說家，著有《茶花女》等作品。
23 阿爾弗雷德・德・繆塞（一八一〇年～一八五七年），法國貴族作家，著有《五月之夜》等作品。
24 阿爾封斯・都德（一八四〇年～一八九七年），法國寫實派小說家，著有《最後一課》、《柏林之圍》等作品。

些美麗的故事之中，也藏有革命的氣息。像母親這樣的人，有著渾然天成的教養，這樣說或許有點古怪，總之，帶著這般教養的她，或許更能毫不以為怪、理所當然地接納革命呢！我自己也很清楚，像現在這樣讀著羅莎．盧森堡的書，確實相當矯揉造作，儘管如此，我還是有我一套的樂趣。書裡寫的內容，都是關於經濟學的知識，若當真以經濟學角度來讀的話，確實很無聊，盡是些單純、早老就明白的知識。不！或者是因為自己根本不了解何謂「經濟學」。總而言之，經濟學對我來說，確實一點也不有趣。因為人類是很吝嗇的動物，而這一門學問如果不是設定在「人類永遠都很吝嗇」的前提下，根本無法成立，因為對不吝嗇的人來說，對所謂「財產分配」等問題，根本不感興趣。儘管如此，我卻從中領略到一股異樣的興奮感，那就是本書作者毫不猶豫地徹底顛覆舊思想的勇氣，讓人甚至聯想起，即使違反了社會道德，也要快步奔向情夫身邊的有夫之婦的神態。那是種「破壞思想」，「破壞」固然是哀傷且悲痛的，然而卻也無限美好。破壞，重建，再去完成的夢想。然而一旦破壞了，或許永遠都走不到完成的那一天，即便如此，由於戀戀情深，所以才非破壞不可、非革命不可。而羅莎，便深深陷入了對馬克思主義的淒美愛戀裡。

那是十二年前的冬天。

「妳簡直就是《更級日記》[25]裡的少女，說什麼都沒用了！」

朋友話一說完，就離開了我。那個朋友借了我列寧[26]的書，當時，我連讀也沒讀就原封不動地還給了她。

「妳看了嗎？」

「對不起，我沒有看。」

當時我們站在可以看見尼古拉堂的橋上。

「為什麼呢？妳為什麼沒看呢？」

25 為平安時代中期菅原孝標的女兒所寫的回想錄。作者從十三歲（一〇二〇年），到五十二歲（一〇五九年）約四十年間所作。內容多為對故事的憧憬與夢境的記事。

26 列寧（一八七〇年～一九二四年），為俄羅斯革命家，十月革命的領袖。是俄國內戰後蘇聯第一位領袖。

朋友比我高約一寸左右，對語言學特別拿手，非常適合戴紅色的貝雷帽，臉蛋如蒙娜麗莎般漂亮，是大家公認的美人胚子。

「因為不喜歡它封面的顏色。」

「妳真奇怪。妳才不是因為這樣不看的吧？其實是因為怕我吧？」

「我才不怕呢！我只是受不了封面的顏色。」

「是嗎？」

她的口氣相當寂寞，接著把我比為《更級日記》，又說和我講什麼都沒用。

我倆一言不發，靜靜地俯看冬天的小河。

「祝妳平安，假如就此永別的話，祝妳永遠平安！拜倫[27]說的。」

說完，她便原文背頌起拜倫的詩句，並輕輕擁抱了我。

我很不好意思，小聲地說：

「對不起……。」

接著朝御茶之水車站走去，當我回頭一看，這位朋友還站在橋上，動也不動地看著我。

從此以後，就再也沒有見過這位朋友了，雖然我們都去同一位外國老師家學習，但我們讀不同的學校。

距今雖然已經過了十二個年頭，但這期間我還是沒有翻開《更級日記》。這十二年來，我究竟做了什麼？對革命既沒有憧憬，連戀愛也不懂，過去社會上的大人都教我們，革命與戀愛是人間最愚蠢、最可惡的兩件事。在第二次世界大戰前，與戰爭當中，我們都對這些話深信不疑，然而戰敗之後，我們變得再也無法相信社會上的大人們了，我們發現真正的生存之道，恰好正與這些人所說的道理相反，一定是因為革命與戀愛都是人世間最最美好的事物，所以大人們才會以「吃不到葡萄說葡萄酸」的心態，壞心眼地教我們錯誤的觀念。我寧願相信，人是因為戀愛與革命才會誕生於世的。

27 喬治．戈登．拜倫（一七八八年～一八二四年），為英國浪漫主義文學的泰斗。

紙門靜靜地被拉開，露出母親的笑臉來。

「還沒睡呀？不睏嗎？」

看看桌上的時鐘，原來已經十二點了。

「嗯！一點兒也不想睡，讀了社會主義的書，就興奮起來了。」

「是嗎？沒有酒嗎？這時候喝點酒再睡，會比較好入眠喔！」

母親帶嘲弄的語氣笑說道，態度裡蘊含著與頹廢僅有一線之隔的妖豔。

終於來到了十月，但絲毫沒有轉為「秋高氣爽」的天氣，倒像是梅雨季節般，持續著每天濕答答、黏膩膩的悶熱，而母親仍然每到傍晚就開始發燒，體溫總在三十八、九度間上上下下。

接著在某天早晨，我看到一件好可怕的事——母親的手腫起來了……。曾說過「早餐最好吃」的母親，現在卻坐在床上，只喝得下一小碗稀飯，她曾說沒辦法吃味道太濃郁的配菜，所以這一天準備的是松茸的清湯，然而，她好像連松茸的香味都無法忍受了，只是把碗放到嘴邊，馬上又無力地放下，就在這時，我看到了母親的手，嚇了一跳。她的右手腫起來了，腫得圓滾滾的。

「媽！妳的手，沒怎麼樣嗎？」

甚至連臉色都有點兒蒼白、略微浮腫。

「沒有呀！沒事的！」

「什麼時候腫起來的？」

母親皺了皺眉，接著就默不作聲了。我好想放聲哭泣，這不是母親的手呀！是別的老女人的手呀！我母親的手一直都是小巧而纖細的手，是我很熟悉的手呀！那溫柔、可愛的手就要這樣永遠消失不見嗎？雖然左手還沒腫起來，卻也是教人望之鼻酸、不敢正視，我別開眼睛，盯著壁龕裡的花瓶。

眼淚快要奪眶而出，我忽地站起身來，走向餐廳，只見直治一個人在吃半熟蛋，他就算偶爾會回來伊豆的家，晚上也一定會到小咲姊的店裡喝燒酒，早上起來就臭著一張臉，也不吃早飯，就只吃四、五顆半熟蛋，然後就上二樓，整天躺在床上忽睡忽醒的。

「媽媽的手腫起來了！」

和直治說完，我就垂下頭，再也說不出話來，就這樣低著頭哭了起來。

直治仍然沉默不語。

我抬起頭，手抓著桌子邊緣說：

「已經不行了！你沒有注意到嗎？手都那麼腫了，已經沒救了啦！」

直治臉色一暗便說：

「這樣看來，是時候了吧！哼！竟落得這種下場。」

「我想治好媽媽！無論如何都要治好她！」

一邊說一邊用右手擰著左手，此時直治也突然啜泣起來。

「就沒什麼好事嗎？難道我們家就一直沒什麼好事嗎？」

他說著，一邊用拳頭胡亂地揉著眼睛。

這一天，直治去東京向和田舅舅報告母親的狀況，並請示將來該怎麼做。我不在母親的身邊時，從早到晚幾乎都在哭泣，在朝霧瀰漫的清晨取牛奶時，對著鏡子一面整理頭髮，一面塗上口紅時，也一直在哭泣。與母親相處的幸福時光，一幕幕浮現於眼前，眼淚止不住地滑落。傍晚，天色暗了，走到中式房的陽台外，啜泣了好一段時間。秋天的星空燦爛，鄰家的貓蹲坐腳邊，一動也不動。

第二天母親手腫得比昨天更厲害，也吃不下任何東西，連喝橘子汁時，也說嘴巴破、很痛，喝不下。

「媽，要不要再戴上直治說的那種口罩？」

本來打算笑著說的，可一開口，心裡便無限辛酸，不覺「哇」地一聲又哭了出來。

「每天都這麼忙，一定很累吧？替我請一位看護來吧！」

母親平靜地說道。我很明白，比起自己的健康，母親更是擔心我的身體，於是心裡倍感難受，我站起身來快步跑到浴室裡，放聲哭了起來。

中午過後，直治帶了三宅老醫生以及兩名護士一起回來。

連平時總愛開玩笑的老醫生，這時也好像在生悶氣般，飛快地走進了房裡，馬上診察起來，好像自言自語般，低聲說道：

「愈來愈虛弱了！」

說完，便打了一針樟腦劑。

「醫生今晚住哪裡？」

母親像是在說夢話般問道。

「一樣住長岡。我已經訂好房間了，妳不必操心。妳這個病人呀！別擔心別人了，只管自私一點，有想吃什麼，就得多吃一點才行，只要營養足夠，病就會好的！我明天會再過來一趟，我留一位護士在這裡，妳盡管使喚她！」

老醫生大聲地對病床上的母親說著，然後向直治遞了個眼色，就站起身來。

直治獨自送走醫生和同行的護士，不久便回來了。看看直治，也是一臉忍著不哭的模樣。

我們靜靜離開房裡，來到餐廳。

「已經沒救了嗎？是嗎？」

「真沒勁！」

直治歪著嘴，苦笑道。

「醫生說，媽媽的身體突然變得很虛弱，還說不是今天，就是明天了……。」

說著說著，直治的眼睛裡湧出了淚水。

「不需要打電報給親戚嗎？」這時候，我反而鎮定了。

「這件事和舅舅商量過了。舅舅說，現在這個時代已經沒辦法召集那麼多人了。即使來了，這麼狹窄的家裡，反而對親戚失禮，而且這附近也沒什麼像樣的住宿，連長岡的溫泉旅館我們也訂不起兩、三間房。也就是說，我們現在已經太窮了，窮到沒辦法叫那些大人物來。舅舅等等應該會馬上趕來，不過這個傢伙從以前就很小氣，拜託他也沒用，昨晚也是，把媽媽的病丟一邊，猛對我說教。被這種小氣鬼訓一訓，就能改過自新的人，即使找遍古今中外，也找不到！雖然他們是姊弟，可是媽媽的氣質和那個傢伙簡直是天壤之別，真是受不了！」

「我是沒什麼關係，不過，以後有些地方你還得靠舅舅不可。」

「恕難從命。我還不如去當乞丐，姊姊妳才是要好好跟舅舅打好關係。」

「我嘛……。」

眼淚奪眶而出。

「我有地方可以去。」

「有親事嗎？已經決定了呀？」

「不是！」

「要自己一個人活？當職業婦女嗎？算了吧！算了吧！」

「也不是要靠自己過活啦！我要當革命家。」

「什麼？」

直治用奇怪的表情看著我。

這時候，三宅醫生帶來的護士喚著我。

「夫人好像有什麼事要說。」

我趕緊走到房裡，坐在母親床邊。

「什麼事？」

我將臉靠近母親問道。

可是，母親卻欲言又止的模樣。

「是不是要喝水？」我又問。

她輕輕地搖了搖頭，似乎不想喝水。

過一會，母親小聲地說：

「我作了個夢。」

「是嗎?夢見什麼?」

「夢見蛇。」

我嚇了一跳。

「簷廊的踏腳石上,有一條紅色條紋的母蛇吧!有吧?妳去看一看。」

我渾身哆嗦地站了起來,走到簷廊處,透過玻璃窗往外一看,踏腳石上有條蛇正沐浴在秋天的陽光裡,身子拖得長長的,我突然感到一陣天旋地轉。

我之前就認識妳了,妳只是比那時候長得更大、更老了一些,妳就是被我燒掉蛇蛋的母蛇吧!妳的復仇,我已經切身地體會到了,到旁邊去吧!快點走開!

心中默念著,眼睛直直盯視著蛇,沒想到這條蛇一動也不動。不知道為什麼,我很怕讓護士看到那條蛇,於是故意用力跺著腳,大聲喊著:

「沒有呀!媽,妳的夢不準喔!」

我瞥了踏腳石一眼，蛇終於心不甘，情不願地動了動身子，磨磨蹭蹭地從石頭上垂掛著滑開。

沒辦法了，已經沒救了。看到這條蛇以後，我的心中，首次浮現了死心的念頭。父親臨終的時候，枕頭邊也有一條黑色小蛇，而且那時我也親眼看見庭院的樹上盤繞著蛇群。

母親好像連從床上坐起來的力氣都沒了，總是迷迷糊糊、似睡似醒的樣子，身子全仰賴護士幫忙照料，什麼東西都吃不下去。看到蛇之後，我似乎突破了痛苦的深淵般，反而有種安心感，不知該怎麼形容才好，是一種神似幸福感的安逸與從容，現在，我只想盡可能地守在母親身邊。

接著，從第二天開始，我就坐在母親的枕邊編織著。無論是編織還是裁縫，自己的手腳一向都比旁人快，但手藝卻很拙劣，母親總是將我編得不好的地方挑出來，一一教我。這一天，我其實沒有心思編織，但怕緊黏在母親身邊會顯得不自然，為了裝裝樣子，才從毛線箱中取出毛線，裝作心無旁騖地編織起來。

母親一直盯著我的手，然後說：

「妳是想打襪子吧？如果要打襪子的話，這地方不多個八針，穿的時候恐怕會很緊喔！」

從小，無論母親多悉心地教我編織，自己卻總是打不好，此刻我就像平常母親提點我的時候，感到有些不知所措，很不好意思，也很懷念。唉……，一想到這或許是母親最後一次教我打毛線，淚水就不禁模糊了視線，再也看不清楚手中的毛線針。

母親一直這樣躺著時，看起來毫不痛苦。從今晨開始，母親什麼東西也沒吃，我只有用紗布沾點茶水替母親潤唇，不過，她的意識仍十分清楚，不時溫柔地和我聊天。

「報紙上好像刊有天皇的照片，拿給我看看！」

我把報紙上天皇的照片攤在母親臉龐的上方。

「陛下老了呢！」

「不是的，是照片照得不好。上次的照片看起來好年輕、充滿了活力呢！天皇搞不好反而更喜歡現在這個時代。」

「為什麼？」

「因為，天皇陛下這下也解脫了呀！」

母親很淒楚地笑了起來，接著，過了一會後，輕聲地說：

「我現在連想哭，都流不出眼淚來。」

我突然覺得，此刻的母親應該算是幸福的吧？所謂的幸福感，就是沉澱於悲傷之河深處，閃著微光的金沙吧？在經歷最深刻的悲傷之後，一股不可思議的明朗心情油然而生，若那就是所謂的幸福感，那麼天皇陛下、母親，還有我，這一刻確實都是幸福的！寧靜的秋日早晨，柔和的陽光灑遍秋天的庭院，我停下手上的編織，眼睛望向與胸線等高、波光粼粼的大海說：

「媽媽，一直以來，我還真是沒見過什麼世面呢！」

雖然心裡有很多話想說，但護士小姐在房間的一隅，正在為靜脈注射做準備，不好意思被她聽見，我就沒多說了。

「妳說『一直以來』是指……？」

母親微笑著繼續問道：

「那麼，妳的意思是說，妳現在已經見過世面囉？」

我莫名地羞紅了臉。

「世面呀，我摸不透。」

母親轉過頭，像是自言自語般地輕聲說道。

「我也摸不著頭緒呀！應該沒有人會清楚的吧？不管年紀多大，大家都還是小孩子。什麼都不懂、都不知道。」

但就算什麼都不明白，我還是得繼續活下去。自己或許還是個孩子，卻再也不能撒嬌了，此後，非得正面和這社會戰鬥不可。能夠像母親一樣，終生不與人爭執、沒有怨憎，而淒美結束一生的人，想必母親是最後一位，這世間絕對再也不會有像母親這樣的人了。生命走向終點的人是很美麗的。而生存、苟活，則是極為醜陋且散發著血腥味，是相當齷齪骯髒的。我幻想著榻榻米上有隻挖洞的蛇。心裡卻還有件事無法死心，即使世人說我卑鄙下流也無所謂，為了要苟活下去，完成自己的心願，我要和社會抗爭。自從知道母親正漸漸走上死亡之路後，我的浪漫與感傷就漸漸消失，我覺得自己已經開始變成一個令人無法掉以輕心的邪惡生物了。

當天午後，我在一旁幫母親潤濕嘴唇時，一部車子突然停在門口。和田舅舅與舅媽一起從東京坐車來了，舅舅一進房裡，即默默無言地坐在母親的床邊，母親用手帕蓋住臉的下半邊，直直盯著舅舅看，然後哭了起來，但母親的臉上卻只有哭容，而沒有眼淚。就像一尊娃娃。

「直治人呢？」

過一會後，母親這麼問了我。

我來到二樓，直治正躺在洋房的沙發上，看著剛出刊的雜誌。

「媽媽在叫你。」

「唉，悲劇又要上演了。汝等還真能忍耐，一直陪在旁邊。神經真是大條，真是薄情呀！我等之輩是何其痛苦，心雖炙熱，可肉體卻虛弱難耐，根本沒力氣待在媽媽身邊。」

他一邊唸叨著，一邊穿上上衣，和我一起下了樓來。

我們倆並排坐在母親的枕邊，母親突然從棉被下方伸出手來，然後靜靜地指了直治，接著又指向我，最後面向和田舅舅，雙手合十。

舅舅用力地點點頭說：

「好，我知道，我知道了！」

母親安心似地輕輕闔上雙眼，並將手縮回棉被裡。

我早已忍不住哭了起來，而直治也低著頭嗚咽不止。

此時，三宅老醫生也從長岡趕來，先替母親打了一針。也不知道母親是不是因為見到了舅舅，心中已經了無遺憾，於是說：

「醫生，快讓我解脫吧！」

老醫生與舅舅面面相覷，默不作聲，兩人的眼中也都泛起了淚光。

我站起身來，走到餐廳，準備煮舅舅最喜歡吃的油豆皮烏龍麵，一共準備了醫生、直治、舅媽、舅舅四人份，端到中式房裡後，我將舅舅帶來的禮物——丸之內飯店的三明治拿給母親看，放在她的枕邊。母親小聲說：

「妳很忙吧！」

中式房裡，大家閒聊了一陣子，舅舅和舅媽說，今天晚上無論如何都得回東京一趟。而三宅醫生將探病的慰問金交給我後，也與護士一起先回去了，行前交代留下來的護士各種處理方法，說母親意識還很清楚，心臟也沒有大礙，光靠打針應該能撐四、五天左右，接著大家就坐車先回東京了。

送走大家後，我回到母親的房裡，母親獨獨對我一人很親切地笑著，小聲地說：

「妳忙壞了吧！」

她的臉上生氣勃勃，甚至可以說是容光煥發。我想應該是見到了舅舅，心裡很高興吧！

「不會呀！」

我的心情也稍微輕鬆了起來，對著母親微微笑了。

沒想到，這竟然是我和母親最後的對話。

之後，才不過短短三個小時，母親就去世了。在秋日靜默的黃昏裡，護士量著脈搏，只在直治和我兩個近親的守護之下，日本最後的貴婦人、我美麗的母親去世了。

母親的遺容幾乎毫無變化。父親去世後臉色驟變，可是母親的臉色卻一點也沒變，只是呼吸停止了。我們甚至看不出來，她究竟是何時沒了氣息的。而臉上的浮腫也在幾天前消了，臉頰像臘一般地光滑，薄薄的嘴唇略彎，看起來就像含著笑，比活著時的母親更嬌艷動人，我覺得她就像聖母畫像裡的瑪莉亞。

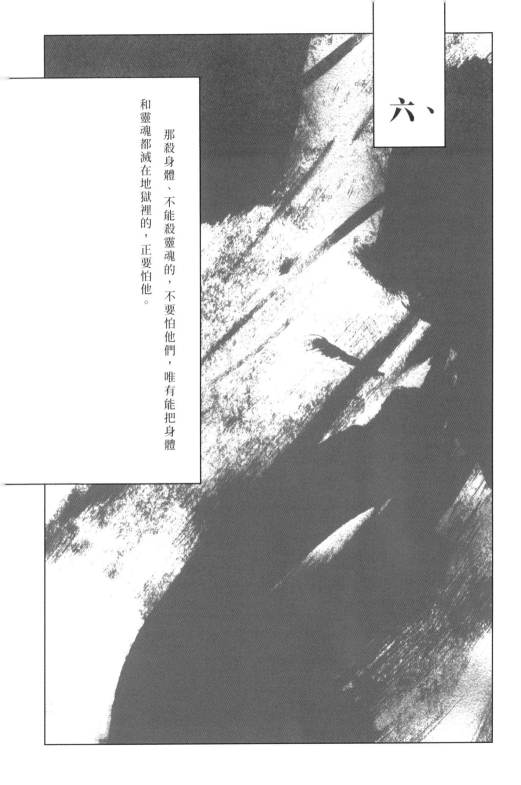

六、

那殺身體、不能殺靈魂的，不要怕他們，唯有能把身體和靈魂都滅在地獄裡的，正要怕他。

戰鬥開始。

我不能永遠陷在沉痛的悲哀裡，我得奮勇戰鬥不可。這是新的倫理，不！這麼說未免有些偽善。是愛情，僅此而已。就好像羅沙不依靠新經濟學就沒辦法活下去般，我現在除了依靠「愛情」之外，無法活下去了。耶穌當時揭露世上宗教家、道德家、學者、權威者的偽善，為了能毫不猶豫地把神的真愛宣告給世人們，在派遣十二名門徒到各地前，耶穌對門徒們的訓示，似乎與我的情形並非毫無關聯：

「腰袋裡不要放金、銀、銅錢，行路不要帶口袋；不要帶兩件掛子、也不要帶鞋子和拐杖；因為工人得飲食是應當的。看呀！我差你們去，如同羊進入狼群裡，所以你們要靈巧像蛇，馴良像鴿子。你們要防備人；因為他們要將你們交給公會，也將在會堂裡鞭打你們。並且你們要為我的緣故被送到諸侯君王面前，對他們和外邦人作見證。

你們被交之時，不要思慮怎樣說話，或說什麼話，到那時候，必賜給你們當說的話；因為不是你們自己說的，乃是你們父的靈在你們裡頭說的。並且你們要為我的名被眾人恨惡，唯有忍耐到底的必然得救。有人在這城裡逼迫你們，就逃到那城裡去，我實在告訴你們，在你們走遍以色列的城鎮之前，人子必定來臨。

那殺身體、不能殺靈魂的，不要怕他們，唯有能把身體和靈魂都滅在地獄裡的，正要怕他。你們不要想來是叫天上太平，我來並不是叫天上太平，乃是叫地上動刀兵。因為我來是叫人與父親生疏，女兒與母親生疏，媳婦與婆婆生疏。人的仇敵就是自己家裡的人。愛父母過於愛我的，不配做我的門徒，愛兒女過於愛我的，不配做我的門徒；不揹著他的十字架跟從我的，也不配做我的門徒。得著生命的將要失喪生命，為我失喪生命的，將要得著生命。」

戰鬥，開始！

假如，我是為了戀情而發誓會遵守耶穌這些教義的話，不知道耶穌會不會罵我。為什麼「戀情」不行，「愛」就可以呢？我真的不懂。在我看來，這兩者是相同的。為了不明所以的愛與戀，以及其悲傷，身體與靈魂都將毀於地獄之人……啊！我敢說，我就是這樣的人！

承蒙舅舅等人的幫忙，在伊豆舉行了母親的家祭，公祭則是在東京舉行。接著，我與直治就住在伊豆的山莊裡，過著即使面對面也不開口說話、莫名彆扭的生活。直治說經營出版業需要資金，將母親有的珠寶都變賣一空，在東京喝酒喝倦了，就帶著一張像重症患者般蒼白的臉，搖搖晃晃地回到伊豆的山莊睡覺。有一次，他帶著看似舞女的年輕女孩回家，面對三人共處一室的情況，就連直治也不免感到彆扭，於是我跟直治說：

「我今天能去東京嗎？我想去朋友那裡，好久沒去拜訪她們了，可能會住個兩、三天才會回來，所以想請你留下來看家，至於三餐，就拜託那個女孩好了。」

乘機抓住直治的弱點，也就是所謂的「靈巧像蛇」，我在皮包裡放了化妝品和麵包後，就很自然地到東京去見那個人了。

聽說他住在東京郊外，只要在省線荻窪車站的北口出站後，走個二十分鐘左右，就會到達那個人大戰以後的新住所，之前曾不著痕跡地向直治打聽過了。

寒風刺骨的天氣裡，到達荻窪車站以後，天色已暗。我抓住一個路人，向他說了地址後，他指給我一個方向，自己獨自一人走在漆黑的郊區將近一個小時左右，由於太過不安，眼淚奪眶而出。這時不小心被砂石路上的石頭給絆倒，木屐的鞋帶斷了，正不知道該如何是好時，突然發現右手邊兩幢長屋其中一間大門的門牌，在夜裡閃著微微的白光，總覺得門牌上就是寫著「上原」兩字。我就這樣一隻腳踩著白襪子，走向這屋子的玄關，仔細看清門牌，上面果然寫著「上原二郎」，但屋裡一片漆黑。

該怎麼辦才好？倏然呆站了片刻，以投水自盡的心情，將身體整個倚靠在玄關的格子紙門上，氣若游絲地喊著：

「有人在嗎？」

兩隻手的指尖輕撫著格子窗，一面小聲地喃喃自語。

「上原先生！」

屋內傳來了回應。但卻是女人的聲音。

從裡頭拉開玄關門，一位臉龐細長、頗有古風、比我大約三、四歲的女士站在玄關的陰暗處，笑問道：

「請問是哪位？」

她的聲音裡沒有一點惡意、沒有一絲警戒心。

「不……，那個……。」

我沒能報上自己的名字，唯獨在面對眼前這個人時，自己的戀情，才莫名地讓我感到內疚。我小心翼翼、極盡卑屈地問說：

「老師不在嗎？」

「對。」她回答我後，很同情地望著我，繼續說道：

「不過，我大概知道他人在哪裡……。」

「會很遠嗎？」

「不會。」

她似乎覺得很好笑，將一隻手摀住嘴巴回答。

「在荻窪，車站前有一家掛著『白石』招牌的關東煮店，我想妳去一趟，應該就會知道他在哪裡了！」

我很雀躍地說：

「喔！是嗎？」

「啊！妳的鞋子？」

在她的堅持下，我進入屋內的玄關，在矮台上坐了下來，夫人給我一條好像叫作「輕便鞋帶」的皮帶，能在鞋帶斷掉時，簡單修好。在修鞋子時，夫人把蠟燭拿到玄關來，一面說道：

「很不巧，家裡兩顆燈泡都壞了，最近燈泡貴得離譜，卻又很容易壞呢！丈夫如果在家，就會請他幫我買來換，不過他昨天晚上還有前天晚上都沒回家，所以，我們這三天晚上只好早早就寢了。」

夫人打心眼很純真地笑著說道，而她身後站著一位年約十二、三歲、眼睛很大、感覺很怕生的消瘦女孩。

敵人！我雖然沒有敵視她們，可是，這位夫人和小女孩有天一定會將我視為敵人，並憎恨我吧！一想到此，我的戀情一時之間好像也冷卻了般，換好鞋帶，站起身來，拍了拍雙手，除掉手上的灰塵，一時百感交集，忍不住心中的淒楚，很想飛奔入內，在黑暗中抓住夫人的手，大哭一番。心雖然強烈地悸動著，但想到事後的自己將多麼悽慘難看，就打消了念頭。

「非常謝謝您！」

我鄭重地行禮後，退出屋外，迎著刺骨的寒風。戰鬥，開始！戀愛、喜歡、思念、真正的戀愛、真正的喜歡、真正的思念，因為愛，所以沒辦法，因為喜歡，所以克制不住，因為思念，所以無法自拔。那位夫人確實是很難得的好人，那位小女孩也很漂亮，可是就算要我站上神的審判台上，我仍一點也不覺得內疚，一點也不覺得慚愧，因為人是為了戀愛與革命而生的，神是不會責罰我的，我一點也沒錯，我是真心喜歡他的，所以可以大聲地說出來。為了要與他見上一面，即使要兩、三天露宿荒郊野外，我也甘之如飴。

很快就找到車站前掛著「白石」招牌的關東煮店，可是他卻不在裡面。

「他肯定去阿佐谷了，從阿佐谷車站的北口出站後直直走，嗯……，大概一百五十公尺左右的路程吧？有間五金行，往右轉再走五十公尺？就有間寫著『柳家』的小吃店，老師最近和柳家的阿舍小姐打得正火熱呢！老泡在那邊。」

來到車站買了車票，坐上往東京的省線火車，在阿佐谷下了車，從北口出來，約一百五十公尺後在五金行往右轉，走約五十公尺後，「柳家」靜悄悄地佇立於此。

「剛剛回去了，他們一群人，說是要去西荻千鳥伯母那裡喝到天亮！」

那女孩看來年紀比我輕，個性好像很穩重，相當高雅，也很親切，想必她就是阿舍小姊吧！是和上原先生打得火熱的女孩吧！

「千鳥？在西荻的哪裡呀？」

心裡孤寂得很，眼淚就快要奪眶而出。不禁心想，此刻的自己是不是瘋了？

「我不是很清楚，不過好像是下了西荻車站的南口左側吧？總之，到了那邊後，再去派出所問問，應該就會知道了。畢竟，他不會只去一處喝酒的，搞不好，去千鳥之前，還會先繞去別的地方呢！」

「我先去千鳥看看，再見了。」

又繞回去了。從阿佐谷搭上往立川的省線，在荻窪、西荻窪的南口出站後，一面吹著刺骨寒風，一面到處亂逛，發現派出所後，問了千鳥的位置，然後按照警察說的方向，一個人在夜路上奔跑，看到寫著「千鳥」的藍色燈籠後，我毫不遲疑地拉開了格子門。

我走進土間[28]，接著又走進了約六帖大的房間，房裡瀰漫香煙的煙霧，約莫十人左右圍坐在房裡的大桌子，正在大聲喧嘩地鬧酒，其間穿雜著三位看起來比我年輕的小姐，她們也抽著煙、喝著酒。

我站在土間眺望著，找到了！好像做夢一般的感覺，不對，六年了，整整六年了。喔，他已經變成完全不一樣的人了。

那就是我心裡的彩虹、M·C、我生存的意義，真的是他嗎？六年了，一頭蓬亂的頭髮雖然一如往昔，顏色卻變得赤棕且稀疏，臉色蠟黃浮腫，眼眶發紅下垂，門牙也掉了，嘴巴嚼呀嚼的，感覺好像一頭老猴子拱著背坐在屋裡一角。

28　日本建築中的一項室內設計，為沒有鋪地板的泥土地。

一位小姐看到我，用眼神向上原先生示意後，他伸長脖子，坐著望向我這邊來，臉上沒有任何表情，只是點頭示意。整桌的人好像對我毫不感興趣般，繼續大聲地喧鬧，不過還是紛紛挪移了一下位置，讓我在上原先生的右側坐下來。

自己靜靜地坐著，上原先生在我的杯子裡注滿酒，然後也給自己的杯子斟滿酒，用沙啞的嗓音低聲說道：「乾杯！」

兩只杯子輕輕碰了一下，發出悲淒的響聲。

「斷頭臺、斷頭臺，切！切！切！」某人開始哼唱了起來，接著又有一個人附和著唱道：「斷頭臺、斷頭臺，切！切！切！」。唱完，兩人敲響了玻璃杯，將酒一飲而盡。「斷頭臺、斷頭臺、切！切！切！」「斷頭臺、斷頭臺，切！切！切！」到處都有人跟著唱起這首胡來的歌曲，眾人不斷地乾杯飲酒。隨著這胡鬧的節奏，他們猛灌著酒。

「那麼！先失陪了！」

一個人東倒西歪離開後，馬上又有新的客人走進來，和上原先生點頭打過招呼後，隨即入座了。

「上原先生，那邊啊！上原先生，那邊啊！那個叫『啊啊啊』的地方，該用什麼語調唸比較好呢？是唸作『啊、啊、啊』嗎？還是『啊啊、啊』呢？」

這個挺身向前和上原先生問話的人，我記得他應該是新劇的演員，好像有在舞台上見過他。

「是『啊啊、啊』啦！『啊啊、啊』就像說『千鳥的酒不便宜』的語調。」

上原先生說。

「老愛講錢！」

某位小姐回道。

年輕的紳士說：

「『兩個麻雀不是賣一分銀子嗎？』[29]你說算貴呢？還是便宜？」

29 《新約聖經》馬太福音第十章二十九節，原文為：「兩個麻雀不是賣一分銀子嗎？若是你們的父不許，一個也不能掉在地上。」

別的男士回答：

「也有一句話說『我實在告訴你，若有一文錢沒有還清，你斷不能從那裡出來。』[30]，還有『按著各人的才幹，給他們銀子。一個給五千，一個給二千，一個給一千。』[31]吧？雖然是挺複雜的譬喻，不過耶穌算錢也算得挺精的。」

另一位紳士接著講道：

「而且那傢伙還是個酒鬼呢！才在想聖經裡特別多用『酒』做比喻的內容，果然聖經裡就寫道耶穌被人批評『這人貪食好酒』[32]。不寫『喝酒』而是寫『好酒』，所以他肯定很愛喝酒！先來喝個一升吧！」

「好了！好了！啊啊、啊，汝等畏懼道德者，別拿耶穌開玩笑！千惠呀，我們喝吧！斷頭臺、斷頭臺，切！切！切！」

上原先生說完後，和看起來最年輕的小姐用力地乾杯，一飲而盡，酒從嘴角滴了下來，濡濕了下巴，他胡亂地用手掌抹淨，然後接連打了五、六個噴嚏。

我悄悄地站起身來，走到隔壁房裡，向看起來病懨懨又有點兒蒼白、瘦削的老闆娘借了洗手間，回來經過這房間時，方才最年輕漂亮的千惠站在門口，好像在等我的樣子。

「肚子餓不餓呀？」

她很親切地笑著問我。

「有點，不過，我有帶麵包。」

「雖然這裡沒什麼東西。」

有點病容的老闆娘慵懶橫坐著，靠在火爐邊，繼續說道：

30 《新約聖經》馬太福音第五章二十六節。

31 《新約聖經》馬太福音第二十五章十五節。

32 《新約聖經》馬太福音第十一章十九節，原文為：「人子來了，又吃又喝，人卻說：『你看，這人貪食好酒，與稅吏和罪人為友。』」

「就在這間房裡吃點東西吧！和那些酒鬼在一起，整晚都別想吃飯了。來，坐這裡吧！千惠也一起坐！」

「喂！阿絹，沒酒了！」

隔壁的男士喊著。

「來了！來了！」

回應男士的阿絹身穿條紋花樣的時髦和服，是個年約三十上下的服務生，她將十瓶左右的銚子壺放進盆子裡，從廚房走了出來。

「喂！等一下。」

老闆娘叫住她，笑著說：

「這裡也來兩瓶！還有，阿絹！不好意思！待會兒妳去後面的鈴屋叫兩碗烏龍麵來，要快一點兒唷！」

我和千惠在火爐邊坐了下來，一面搓著手。

「坐上坐墊吧！天氣變冷了呢，要不要喝酒？」

老闆娘在自己的碗裡倒了酒，又往另外的兩個碗裡斟酒，接著我們三人默默地喝了起來。

「大家都好會喝呢！」

老闆娘用很平靜的口吻說道。

這時傳來拉開拉門的聲響。

「老師！我拿來了！」

接著是一位年輕男子的說話聲。

「畢竟，是我們的老闆嘛！很會精打細算，我是想跟他討兩萬的，但最後只拿到一萬。」

「支票嗎？」

接著是上原先生沙啞的聲音。

「不是，是現金，真的很抱歉。」

「算了，我寫收據給你。」

在這段談話中，「斷頭臺、斷頭臺，切！切！切！」的乾杯曲，也不曾停歇過。

「阿直人呢？」

老闆娘正經八百地問千惠，我嚇了一大跳。

「不知道，我又不是阿直的監護人。」

千惠有點驚惶失措，臉頰楚楚可憐地紅了起來。

「前一陣子是不是和上原先生有什麼不愉快？明明一直都玩在一起的。」

老闆娘平靜地說著。

「聽說喜歡上了舞女，好像最近有了跳舞的女朋友。」

「阿直真是的！又是酒，又是女人的，真是糟糕！」

「都是老師教的。」

「可是，那也是阿直自己的個性有問題吧！從一個小少爺淪落成這樣……。」

「那個……。」

我微笑著打斷她們的談話。因為我覺得，要是一直保持沉默的話，反而對兩人很失禮。

「我是直治的姊姊。」

老闆娘大吃一驚，重新打量了我一番，千惠卻很平靜地說：

「長得真像！方才看見妳站在土間暗處時，我還嚇了一跳，以為是直治來了呢！」

「喔，是這樣嗎？」

老闆娘馬上改了說話的口氣，繼續說道：

「我這兒地方簡陋，真不好意思。那麼，妳和上原先生之前就已經認識了嗎？」

「嗯！六年前見過面……。」

說完，再也接不下話，低下了頭，泫然欲泣。

「久等了！」

女服務生端來烏龍麵。

「請趁熱吃，快吃吧！」

老闆娘熱心地勸著。

「謝謝！」

烏龍麵的熱氣撲面而來，我哧溜哧溜地吸著麵條，這一刻彷彿真正體會到了活著的淒楚。

一邊低聲哼著「斷頭臺、斷頭臺，切！切！切！」的乾杯歌曲，上原先生走進我們的房裡，在我身邊盤腿坐了下來，默默交給老闆娘一個大信封。

老闆娘看也沒看信封的裡頭，直接將它丟進長型火盆的抽屜，一邊笑著說：

「就這樣呀？剩下的可不能呼嚨我！」

「會拿來的，剩下的帳，明年才會付。」

「什麼話！」

一萬圓！有這麼多錢，可以買多少顆燈泡？就連我，要是有那麼多錢，也夠我過上一整年了。

唉！這些人似乎弄錯了什麼。不過，他們或許就跟我的戀情一樣，不這麼做，就活不下去吧？人如果一出世，就一定得走完這一生的話，那我們或許也不該厭惡他們的生存方式。活著，活下去。唉！這是一個多折磨人的大事業呀。

「總而言之……。」

隔壁的男士開始說道。

「今後要在東京生活，要是不能若無其事地用輕佻的語氣跟人問聲『你好你好』是混不下去的！現在要求我們要穩重、誠實之類的美德，就等於拉了上吊者的腳。穩重？誠實？哼！我呸！這樣根本活不下去啊！假設不能輕浮地說『你好你好』，那只剩三條路可選，一是回去務農，二是自殺，三就是當女人的小白臉。」

「而每條路都行不通的可憐蟲，還有最後唯一一條路……。」

另外一位男士接口說道：

「那就是敲上原二郎一筆，痛飲一番！」

「斷頭臺、斷頭臺，切！切！切！」繼續唱了起來。

「妳沒有地方住吧？」

上原先生像是喃喃自語般低聲說道。

「我嗎？」

我覺得自己好像一條揚起鐮刀型脖子的蛇。一股近乎敵意的情感，身體不由變得僵硬。

「妳能跟大家睡在一起嗎？天氣很冷的。」

上原先生無視於我的憤怒，嘟囔著。

「不行啦！」老闆娘插嘴道：「太可憐了！」

「哼！」上原先生咋舌道：「既然這樣，就不要到這種地方來！」

我雖然默不作聲，但從他說話的口氣，我很快就察覺到，這個人確實有讀過我寫的那些信，而且比任何人都還要愛我。

「沒辦法，只好去拜託福井看看。千惠，妳能不能帶她過去？算了，都是女人，路上很危險的，真麻煩！老闆娘，偷偷把她的鞋拿來放在廚房口，我送她過去，待會就回來。」

外面已是深夜。風略停了下來，滿天都是燦爛的星斗，我們並肩走著。

「其實就算和大家睡在一起，也沒有關係。」

上原先生，一副很想睡的聲音回答了一聲：「嗯！」

「你其實很想和我單獨在一起，對不對？」

我說完笑了笑，上原先生歪著嘴，苦笑道：

「就是這樣，才討厭。」

我深刻了解到「自己是深深被愛著」的事實了。

「每天晚上都喝這麼多酒嗎？」

「對，每一天，從早到晚。」

「酒，好喝嗎？」

「難喝死了！」

上原先生說這句話的嗓音，不知為什麼讓我起了一陣寒顫。

「工作呢？」

「一塌糊塗！不管寫什麼，都無聊得要命，悲傷得要死。這是生命的黃昏、藝術的黃昏，人類的黃昏。這些話，也很裝模作樣呢！」

「郁特里羅[33]！」

我無意識地脫口而出。

「哦！郁特里羅，他好像還苟活著呢！酒精的亡者，只剩一具死骸。最近十年來那傢伙畫的畫都很俗氣，全都一塌糊塗。」

「不光只是郁特里羅吧？其他的大師們也都……。」

「沒錯！都衰弱！不過，連新冒出來的芽，光只是新芽就開始衰弱了。霜，Frost。這世界彷彿下了一場不合時節的霜。」

上原先生輕輕抱住我的肩頭，自己的身體好像整個都被上原先生的斗篷大衣的袖子給包裹起來般，我沒有抗拒，反而緊靠著他、慢慢走著。

路旁樹頭的枝椏，沒有一片葉子，而孤零零的枝椏彷彿尖銳地刺破了夜空。

「樹枝好美呀！」

我不禁喃喃自語起來。

「嗯，花和漆黑樹枝的協調感……。」他有點吃驚地說道。

33 莫里斯·郁特里羅（一八八三年～一九五五年），法國印象派風景畫家，多描寫巴黎城鎮的風景。

「不！我喜歡沒有花、沒有葉子、沒有嫩芽，像這樣光禿禿、什麼也沒有的樹枝。即使什麼也沒有，仍傲然地挺立著，不是嗎？這和枯枝是不同的。」

「只有自然是永不衰退嗎？」

他說完，又連打了無數個大噴嚏。

「你是不是感冒了呢？」

「不，不是，不是你想的那樣。其實這是我的怪癖，當酒醉到臨界飽和狀態時，馬上會打起這樣的噴嚏來，就像酒醉的指標一樣。」

「戀愛呢？」

「什麼？」

「身邊有這種對象嗎？讓你的愛到臨界飽和狀態的對象。」

「什麼嘛！別取笑我！女人都一樣，麻煩得要命。斷頭臺、斷頭臺，切！切！切！其實，是有這麼一個人，喔！不！是半個人。」

「你看了我的信嗎？」

「看了。」

「你的回答呢?」

「我很討厭貴族,他們身上總是有些高傲的氣質,妳弟弟直治也是這樣,以貴族而言,雖然已經算是很出色的男人了,但不時還是會表露出難以親近的傲氣。我是鄉下農夫的小孩,每次經過這種小河,都會想起小時候在故鄉河邊釣鯽魚、撈青鱂魚的情景。」

小河在黑暗的深處流動,傳來幽幽的流水聲,我們沿著小河走著。

「而像你們這樣的貴族,不僅沒辦法理解我們的感傷,甚至還會瞧不起我們。」

「屠格涅夫[34]呢?」

34 伊凡.謝吉耶維奇.屠格涅夫(一八一八年~一八八三年),俄國現實主義小說家,為貴族之子,作品主要描寫以農奴解放前後的老貴族意識和擁有改革理想新世代間的對立為基調,充滿抒情的描寫俄國的田園生活;著有《獵人日記》、《父與子》等作品。

「那傢伙也是貴族，所以，我很討厭他。」

「可是，《獵人日記》35……。」

「嗯，只有那本還行。」

「那裡頭，寫了農村生活的感傷……。」

「那傢伙是鄉村貴族，就這一點，我們各退一步吧！」

「我現在也是鄉下人，也種田，是鄉下的窮人。」

「妳到現在還喜歡我嗎？」

他用近乎粗暴的語調問道。

「還想要生我的孩子嗎？」

我沒有回答。

就像巨石從天而降的氣勢般，他俯身向我的臉壓了下來，胡亂吻著。是散發著性慾的吻。我一邊接受他的吻，一面流下眼淚，那淚就像是屈辱和悔恨的苦澀之淚，淚水不斷地流出來。

之後，兩個人繼續並肩而行，他苦笑著說：

「失策啊！愛上妳了！」

然而，我卻笑不出來，緊皺著眉，噘著嘴。

束手無策。

如果要用言語表示的話，就只有這麼一句「束手無策」可以詮釋現在的心情。我發現自己正拖著木屐，踩著慌亂的腳步。

「真是失策啊！」

男人又說了一次。

「走一步算一步吧！」

「好討厭！」

35 屠格涅夫著，內容以俄國中部自然風光為背景，深刻描寫農奴生活、人類性格等等的二十五篇短篇集。

「妳這個傢伙！」

上原先生用拳頭搥我的肩，又打起了大噴嚏來。

我們走到福井先生的家，但屋裡的人好像全都就寢了。

「電報，電報！福井先生，有你的電報。」

上原先生大聲叫著，並用力敲打著玄關的門。

「上原嗎？」

屋裡響起了男人的聲音。

「沒錯！王子和公主來拜託借宿一晚啦！外面好冷，害我噴嚏打個不停，難得的私奔都快變成喜劇了。」

從裡頭拉開玄關門，一位年約五十多歲、頭也禿了的小老頭出現眼前，他穿著一件鮮艷的睡衣，露出奇怪的笑容迎接著我們。

「拜託你了。」

上原先生只說了這麼一句話，斗篷也沒脫下，就直接進到屋裡。

「畫室太冷了。二樓借我們，走吧！」

他牽起我的手，穿過走廊，登上樓梯，走進一間昏暗的房間，上原先生扭開房裡一角的開關。

「好像飯店的廂房喔！」

「嗯，暴發戶的品味。讓這種三流畫家住，簡直糟踏了。這個人走狗屎運，完全沒受到戰爭的波及。這麼好的屋子不用白不用。來吧！睡覺，睡覺。」

上原先生像在自己家似的，擅自打開櫥櫃，拿出棉被鋪了起來。

「妳就睡在這裡，我先回去了。明天早上再來接妳，下了樓梯右手邊就是廁所。」

接著，他踏著忙亂的腳步，宛如滾下去般走下了樓梯，他離開後，四周安靜了下來。

我關掉電燈，脫下父親從國外帶回給我的天鵝絨外套，鬆開和服的腰帶，就這樣穿著和服鑽進了被窩。因疲憊不堪再加上喝了酒的緣故，渾身懶洋洋的，馬上就進入了夢鄉。

不知什麼時候，他竟躺在我的身邊，……我默默地拚命掙扎了將近一個小時左右。突然覺得其實他挺可憐的，於是放棄掙扎。

「如果不這樣做，就安心不下來吧？」

「嗯，差不多吧！」

「你把身體搞壞了嗎？咳血了吧？」

「妳怎麼知道？其實前一陣子還滿嚴重的，可是我並沒有告訴任何人。」

「因為你身上的味道和我媽媽去世前一樣。」

「因為我每天都不要命似地喝酒。活著實在很悲傷，悲傷得要命。並不像什麼『寂寥』、『寂寞』那種還有餘地的情感，而是悲傷啊！當四面八方的牆上傳來陰鬱的嘆息時，怎麼會有只屬於自己的幸福？當一個人發現自己有生之年，絕對不可能得到幸福或榮耀時，該會有怎麼樣的心情呢？努力？只會變成飢餓野獸的餌料罷了。悲慘的人實在太多了，好討厭！」

「不！」

「只能靠戀愛了吧？誠如妳信中所說的一樣。」

「是呀！」

我的愛就此消失了。

天亮了。

房間漸漸亮了起來，我仔細端詳著睡在身旁的人的睡顏。他的臉色就像個將死之人，充滿了疲憊的倦容。

這是一張犧牲者的臉，一位高貴的犧牲者。

我的他；我的彩虹；我的孩子；醜陋的人；狡猾的人。

宛如世上絕無僅有般，非常非常美麗的容顏，這一刻好像重新喚回了逝去的戀情般，胸口小鹿亂撞，我一邊輕撫著他的頭髮，一面親吻了他。

好悲哀呀！這悲哀的愛情終於實現了！

上原先生就這樣緊閉著雙眼，抱緊了我。

「我之前偏見太深了，因為我是農夫的孩子。」

我再也不想和他分開了。

「現在、這一刻我很幸福。即使四面八方的牆上傳來了悲嘆的聲音，我現在的幸福已達飽和點了喔！幸福到就快要打噴嚏了呢！」

上原先生呵呵地笑了起來，說道：

「不過，都太遲了，已是黃昏了。」

「才不是呢！是早上。」

弟弟直治在這一天早上自殺身亡。

七、

姊姊，妳不是打算將媽媽的遺物——麻和服改製成給我明年穿的夏衣嗎？請將那件衣服放在我的棺材裡，因為我很想穿上它。

這就是直治的遺書。

姊姊。

我不行了！先走一步。

我根本不知道，自己究竟為什麼非活著不可。

讓想活下去的人，好好活著就好。

就如同人有生存的權利一樣，人也應該有死亡的權利才對呀！

我這種想法既不新穎，也稱不上什麼思想。這是理所當然、原始而單純的事，人們只是畏懼這個道理，而不敢向外人說出口罷了。

想活下去的人，不論碰到什麼境遇，都應該要堅強活下去才行，那是非常美麗的事，所謂「人類的榮耀」想必也在那附近。不過，我認為死亡也絕不應該是一種罪惡。

我，像我這般的小草，在這世上的空氣與陽光之下，是很難存活的。要想活下去，似乎還缺了一樣東西。光是要活到現在，就費了我好大一番力氣。

進入高中後，開始和與我階級迥然不同的朋友交往，他們宛如堅韌的野草，被他們的氣勢所迫，為了不輸給他們，我開始使用麻藥，陷入半瘋狂的狀態予以反抗。之後當了兵，即便在軍營裡，我還是服用了鴉片當作生存的最後手段。我想姊姊是沒辦法理解我這種心情吧！

我想變得粗俗下流。想變得堅強，不！想變得強悍粗暴。因為我以為這是成為平民之友的唯一途徑。光靠喝酒是沒用的。非得處在頭昏腦脹的狀態才行，所以我也只能靠麻藥了。我不得不忘了家，不得不抗拒父親的血統，不得不拒絕母親的溫柔，不得不對姊姊冷淡。我要是不這麼做，就拿不到進入平民百姓家中的入場券。

我終於變粗俗了，也開始說起下流的話語了，然而其中有一半，不，有百分之六十很可悲地都是臨陣磨亮的槍，是拙劣的小把戲。對平民百姓來說，我還是個裝腔作勢、矯揉造作、難以親近的男人。他們是不會敞開心胸與我交往的。但事到如今，我再也回不去被我捨棄的沙龍了。我現在的粗鄙雖然有百分之六十是後天模擬的，可是還有百分之四十是真正的下流。我對所謂上流沙龍那俗不可耐的高尚幾乎要作嘔，一刻也不能忍受。而那些身分地位高貴，被稱作達官貴人的上流人，肯定也會對我的惡行惡性感到震驚，馬上會將我驅逐出境。我無法回到我捨棄的世界，而平民卻只給我一個充滿惡意與虛情假意的「旁聽席」。

不管在哪個世代，像我這樣生活能力低落，又滿是缺陷的小草，根本毫無思想可言，最後或許只能走上自生自滅的命運。儘管如此，我還是有些話要說。因為我發覺到了一件事，讓我難以生存下去。

所有人都是一樣的。

這究竟能稱得上思想嗎？我認為發明這句不可思議話語的人，並不是宗教家、哲學家，也不是藝術家。這是從一般百姓聚集的酒吧中冒出來的話。宛如蛆湧出般，不知何時，也不知是從誰的嘴裡說了出來，它源源不斷地湧出，覆蓋了全世界，把世界弄得狼狽不堪。

這不可思議的話語和民主主義，或馬克思主義一點關係也沒有。這肯定是酒吧裡的醜男人罵美男子時說的話。單純是醜男的焦躁不安，是忌妒！根本稱不上什麼思想。

然而，這聲因忌妒而在酒吧發出的怒吼，竟莫名地以思想之姿，穿梭於民眾之間，明明是和民主主義與馬克思主義毫無關聯的話，卻在不知不覺間，與政治思想、經濟思想扯上關係，才會不尋常地發展成低俗的事態。這個把胡言亂語替換成思想的把戲，或許連梅非斯特[36]也會感到良心不安而躊躇不前吧！

所有人都是一樣的。

這是句多麼自卑的話呀！在鄙視別人的同時，也鄙視了自己，是沒有一絲自尊，放棄所有努力的話語。馬克思主義主張勞工的優越性，沒說什麼人是一樣的。民主主義則主張個人的尊嚴，也沒說什麼人是一樣的。只有皮條客才會說：「嘿嘿！就算再怎麼裝模作樣，人不都是一樣的嗎？」

為什麼說「一樣」？而不說「優秀」呢？這一切都是「奴隸本性的復仇」。

這句話相當猥瑣、毛骨悚然，人們畏懼著彼此，所有思想都被褻瀆，努力遭到嘲弄，幸福被予以否定，美貌被玷汙，榮耀被剝奪，我覺得所謂「世紀的不安」就從這不可思議的一句話所衍生出來的。

雖然覺得這是句很討厭的話，但我仍舊遭受到它的脅迫，怕得渾身發抖，就算想做些什麼也感到羞怯難行，總是忐忑不安、心驚膽戰，無法安身立命，乾脆藉助酒精與麻藥帶來的暈眩，來尋求片刻的安心，就這樣，我把自己弄得一塌糊塗。

我很懦弱吧？是株某部分有重大缺陷的小草吧？或許皮條客會嘲笑我強詞奪理，天性愛玩，是個懶鬼、色胚、任性妄為的人吧！一直以來，當人們這樣講我時，我總是感到羞怯，只好曖昧地點頭承認。但我已是將死之人，就一句，讓我先說句抗議的話。

姊姊！

36 十五、六世紀時，是浮士德傳說中的惡魔；而在歌德的《浮士德》中，以捐棄靈魂、誘惑人心向惡的態度出現，與一心想體驗人生的主角浮士德一起登場。

請相信我！

我就算在玩，但我一點都不快樂！我或許是個快樂障礙者。我只是想擺脫身為「貴族」的自己，才會盡情發狂、遊玩、放蕩不羈。

姊姊。

到底我們有什麼罪呢？誕生在貴族人家，就是我們的罪孽嗎？只不過，只不過是誕生在這種家庭，我們就必須永遠像猶大[37]的家人一樣，卑躬屈膝、不斷賠罪、苟且偷生嗎？

我應該更早一點去死才對。可是，只有一點放不下，那就是媽媽的愛。每思及媽媽的愛，我就死不了。人在擁有自由生存權的同時，也該擁有隨時想死就死的權利才對，只是，我認為在「母親」還活著時，自由去死的權利就得先保留。因為如果孩子死了，無疑也同時殺死了「母親」。

可是，現在就算我死了，也沒有一個人會悲傷到將身體哭壞吧！喔，不，姊姊，我明白的，我知道當你們失去我後，那悲傷的程度有多高，別了，虛飾的傷感就免了吧！我想，你們得知我的死訊後應該會哭吧？但是，請試著想一想，我從生於人世的痛苦，以及煩人命運中得到完全解脫時的喜悅吧！我想，如此一來，你們所感受到的悲傷，也會漸漸消失的。

那些責備我去自殺，說我怎麼樣也該繼續活下去的人，都不曾對我伸出援手，只會逞口舌之快，一臉高高在上地批判別人，那些人絕對是能若無其事地遊說天皇陛下開水果店的大人物！

姊姊。

37 耶穌的十二門徒之一，負責掌理耶穌集團的財務工作，卻背叛了耶穌，害耶穌被捕。

我還是死了比較好。因為我沒有所謂的「生活能力」。我沒有本事與人爭奪錢。我甚至沒辦法讓人請客！即使和上原先生一起出去玩，我自己的份，都是自己付清的。上原先生說這是貴族的小家子氣自尊，十分討厭我這點，但我並不是用自尊去付錢的，我感到很惶恐，怎麼樣都沒辦法拿上原先生辛苦賺來的錢，花在毫無意義的吃吃喝喝、抱女人這種事上。我總輕易地說這是因為尊敬上原先生的工作，但那是騙人的。我其實也不清楚自己是怎麼想的。只是很怕讓別人請客。尤其是對方用自己雙手賺來的錢請客，那更是令我痛苦不已、於心難安呀！

因此，我只能從家裡拿錢和變賣東西，這讓媽媽和妳都很傷心，而我本身也一點都不快樂。我說的出版計劃，其實只是用來掩飾羞愧的藉口，根本不是認真的。就算認真想做，像我這樣，甚至無法讓人家請客的人，談什麼賺錢，那是不可能的事！就算自己再怎麼愚蠢，也明白這一點。

姊姊。

現在的我們已經變得很窮了。我明明打算在有生之年，好好的款待別人，但如今，我們只能靠接受別人的款待，才能生存下去了。

姊姊。

到了這個地步，我到底為什麼還非活下去不可呢？我已經受不了了，我，決定要去死。我有一種可以輕鬆死去的藥，這是在當兵時拿到手的，我一直備著。

姊姊很美（我總自豪自己有這麼美麗的母親和姊姊）又很聰明，所以我完全不擔心姊姊的事，也沒有擔心的資格。那就好像小偷在同情被偷的人一樣，只會讓我慚愧得無地自容。我想姊姊將來一定會結婚、生下寶寶，倚仗丈夫活下去吧！

姊姊。

我有一個秘密。

長久以來，我都將它深藏在心中。即使上了戰場，我的心也總是思念著她，在睡夢中夢見她，好幾次睜開眼返回現實後，都哭紅了眼眶。

而這個人的名字，就算撕爛我的嘴，我也不會跟任何人說的。但我已是將死之人，原本想說至少也該跟姊姊說清楚才是，但我果然還是很害怕，說不出那個人的名字來。

不過，我如果一直將這個祕密守口如瓶，沒說給任何人聽，就這樣深埋在心底死去的話，那麼我的遺體即便火葬了，總覺得胸口似乎會臭得怎麼燒也燒不乾淨，這令我十分不安，所以我打算以拐彎抹角，模糊事實，就像講虛構的故事般，只告訴姊姊妳一人。雖說是虛構，但我想姊姊肯定能馬上猜出對方是誰。所以說是「虛構」，倒不如說只是改用「匿名」罷了。

姊姊，妳知道吧？

妳應該也知道這個人才對，但是，妳們應該沒見過面。這個人比姊姊稍微年長一些，單鳳眼，從來沒燙過髮，總是把頭髮緊緊地往後盤，頂著樸素的髮型，穿著非常窮酸的服裝，但她卻一點也不邋遢，總是很俐落整潔的模樣。她是一位中年西洋畫家的夫人，那個人在戰後陸續發表了許多新手法的畫作，迅速成了知名畫家。那名畫家的行徑非常粗暴放蕩，然而夫人卻裝作若無其事，總是溫柔地微笑著。

當我站起身來說：

「那麼，我先告辭了！」

她也站起來，毫無戒備地走到我身邊，抬眼看著我說：

「為什麼？」

她用平常的嗓音說著，有些不解似地微微歪起頭，盯著我看了一陣子。而她的眼中沒有一絲邪念一毫矯情。我平常與女人四目相對時，總會倉惶失措，馬上別開視線，唯獨對她卻一點也不覺得害羞，我倆的臉只間隔一尺左右，即便對望了六十秒以上，也依舊很自在，我看著她的眼，最後不禁笑了起來。

「可是……。」

「他馬上就回來了！」

她依舊一本正經地說道。

心裡不覺想到，所謂的正直，恐怕就是指這種表情。那並非道德課本中詮釋的生硬道德，我覺得「正直」這個詞真正指的美德，應該是這般可愛的行為才是。

「我還會再來。」

「是嗎？」

自始至終，都是平淡無奇的對話。我不過是在某個夏日的午後，造訪這名西洋畫家的公寓，撲了空沒見到人，但他似乎很快就會返家，於是夫人請我進屋裡等，我順從了夫人的建議，走進了公寓。讀了三十分鐘左右的雜誌，可畫家依舊沒打算回家的樣子，所以我才站起身來，打算告辭……。就只是這樣而已，但我卻從那天的那時起，苦戀上那個人的雙眼了。

那對眼睛，應該能以「高貴」來形容吧？我敢斷言，撇開媽媽的話，在我身邊的貴族裡，從來沒有一個人有如此毫無戒心的「正直」眼神。

之後，在某個冬天的黃昏裡，我被她的側臉迷住了。事情依然是發生在這名西畫家的公寓裡，畫家要我陪他喝酒，於是我們一早就坐在暖爐裡飲酒，和他一起把日本所謂的文化人批評得一文不值，笑得東倒西歪。之後，畫家醉倒、呼呼大睡起來，我也在畫家的身邊躺了下來，昏昏欲睡之際，突然有人在我身上蓋了一條薄毛毯，我微微張開眼睛，只見東京冬日傍晚的天色透著水藍色的光，夫人若無其事地抱著小姐坐在窗邊，那端正的側臉襯著幽遠的藍橘色餘暉為背景，宛如文藝復興時期的側面像般，輪廓與背景劃分為二，鮮明地浮現在眼前。那悄悄替我蓋被的體貼，不帶一絲嫵媚，也不含一絲情慾。啊！所謂的「人性」這個字彙，想必就是該使用在這種情況下，它就在此刻起死回生了。對他人理所當然的體貼與關懷，那幾乎是無意識般不假思索的行動，她就如畫般寧靜安詳，眼睛直直眺望著遠方。

我閉上了眼睛，這份愛就快令我抓狂，眼裡不覺湧出了淚水，只好將毛毯拉起來蓋在頭上。

姊姊。

我之所以會去拜訪這位畫家，起初是因為醉心於他作品中獨特的筆觸，以及深藏其中的狂熱激情，可是隨著交往愈深，愈發現這個人毫無教養，說話胡說八道，骯髒不堪，讓我相當失望，而相反地，我開始逐漸被他夫人的心靈之美給吸引，不！是愛上了懂得正確愛人的她，到了最後，我是為了見夫人一面才不時拜訪這名西洋畫家的。

直到現在，我依然認為，要是這位西洋畫家的作品中，多少有散發出一些稱得上藝術的高貴氣息，那想必是夫人的溫柔反映到他的作品上了。

到了現在，我才敢把我真正的想法說出來，這位西洋畫家，不過只是個喜好杯中物、喜歡吃喝玩樂、巧言令色的商人罷了。為了想要賺花天酒地的錢，才會胡亂在畫布上塗鴉，乘著流行的潮流，裝模作樣地提高賣價，他唯一擁有的，只是鄉下人的厚臉皮、無恥的自信和狡猾的商業頭腦罷了。

恐怕他對其他人的畫作，不論是外國人還是日本人的畫作，都一概不懂吧！甚至，他可能連自己到底在畫什麼都不知道。只是為了賺取玩樂的錢，才渾然忘我地拿起畫筆在畫布上塗鴉。

更驚人的是，他對自己說的那些胡言亂語，都不曾抱有一絲的懷疑、羞恥和恐懼。

詆毀他人、批判他人，他最會了！畢竟他是個連自己在畫什麼都不明白的人，他肯定也不懂別人作品裡的優點。

也就是說，儘管他嘴上說自己是如何如何地痛苦，但這個人所謂的頹廢生活，其實只是愚蠢的鄉下人來到了嚮往多年的都市，意外成功闖出名聲後，開始得意忘形，到處玩樂的生活罷了。

我曾經對他說起：

「當朋友都在偷懶玩樂時，如果只有自己一個人在用功的話，會覺得很不好意思、惶恐不安，怎麼樣都用功不下去，所以即使心裡並不想玩，也只好和大家一起玩了。」

那位中年畫家滿不在乎地回答：

「啥？這應該就是所謂的貴族氣息吧！真討厭！我如果看到別人在玩，就會覺得自己不玩是一種損失，所以就會大玩特玩。」

這時，我打從心底瞧不起這位畫家，這個人的放縱荒唐裡沒有一絲苦惱，不如說他甚至自豪。他是如假包換的愚蠢行樂者。

不過，我就算說再多這位畫家的壞話，也都和姊姊無關，而且，正面臨死亡的我，也還是會懷念起與他交際的這一段日子，並會感受到想再和他見面玩樂的衝動。我並不恨他，他其實也是個很怕孤單，擁有許多優點的人，所以我就不再多說什麼了。

我只是想讓姊姊知道自己愛上了那個人的夫人，愛得心神不寧，深陷痛苦，只要這樣我就滿足了。所以姊姊就算知情了，也絕對沒必要告訴任何人，或好管閒事地想為弟弟生前無法實現的心願盡一點心力，不必如此。只要姊姊一個人知道這件事後，心中暗想「啊！原來如此。」就足夠了。要說還有什麼奢望的話，那就是經過這番害羞的告白後，希望至少有姊姊一人能更深入了解到，我到目前為止的生命中，所面臨過的痛苦。只要這樣，我就很高興了。

不知何時，我曾夢見和夫人手牽著手，而且也知道夫人其實也從很久以前就喜歡我的夢。即使從夢裡醒來，手掌裡也好像殘留了她指尖的溫度，光只是這樣，我就心滿意足，不得不死心了。我並不怕道德，我怕的是那半瘋的，喔，不！或許該說幾乎就是瘋子的西洋畫家，心裡很怕、怕得不得了。我決定死了這條心，打算將心中的火苗引到其他人身上，於是我開始和各種女人鬼混，幾乎來者不拒，甚至讓那位西畫家也皺起眉頭來。我想盡各種辦法，好讓自己脫離、忘掉夫人的幻影，想讓這一切都歸零。但還是沒辦法，因為，我終究是個只能愛這一位女性的男人。我可以明確地說，除了夫人以外，我不曾覺得其他女性美麗可愛。

姊姊。

在臨死之前，請讓我提筆寫下一次，就這麼一次。

……阿菅。

這就是那位夫人的名字。

我昨天之所以會帶著一點也不愛的舞女（這女的在本質上有很蠢的地方）回到山莊來，並不是為了要選在今早自殺的。我的確打算在近期結束生命，但昨天會帶她回山莊，是因為她一直要我帶她出去旅行，而我也玩膩了東京，想想不如帶這個笨女人到山莊住個兩、三天，雖然對姊姊有些不好意思，總之就先把她帶回家了，結果姊姊說要去東京拜訪朋友，這時我才突然想到，要死的話就要趁這個機會了。

我從以前，就想死在西片町的家中。因為我不想死在街上或原野上，讓那些看熱鬧的人奚落我的屍體。然而，如今西片町的家也已經讓渡給別人，現在除了死在這幢山莊裡，也別無他法。但只要想到首先發現我自殺的人是姊姊，而姊姊那時候該會有多麼驚愕、恐懼，就覺得選在和姊姊獨處的夜晚自殺很有壓力，怎麼樣都下不了手。

而現在，是千載難逢的好機會。姊姊不在家，所以，那位相當愚笨的舞女會成為第一個發現我自殺的人。

昨晚，我和她喝了酒後，讓那女的睡在二樓的洋房，而我自己一個人在媽媽死去的房裡鋪好棉被，接著開始提筆寫下這封悲慘的手記。

姊姊！

我再也沒有希望的立足之地了，再見了。

到頭來，我的死是自然死，因為人只有思想是永垂不朽，永遠不死的。

最後，我有一個羞於啟齒的請託。姊姊，妳不是打算將媽媽的遺物——麻和服改製成給我明年穿的夏衣嗎？請將那件衣服放在我的棺材裡，因為我很想穿上它。

天就快要亮了，過去老是給妳添麻煩了。

再見了。

昨晚的酒，已經完全清醒了。我是在清醒的狀態下死的。

再說一次，永別了。

姊姊。

我是貴族。

八、

就算瑪莉亞生的不是丈夫的孩子，但只要瑪莉亞感到自豪，
那他們就會是聖母與聖子。

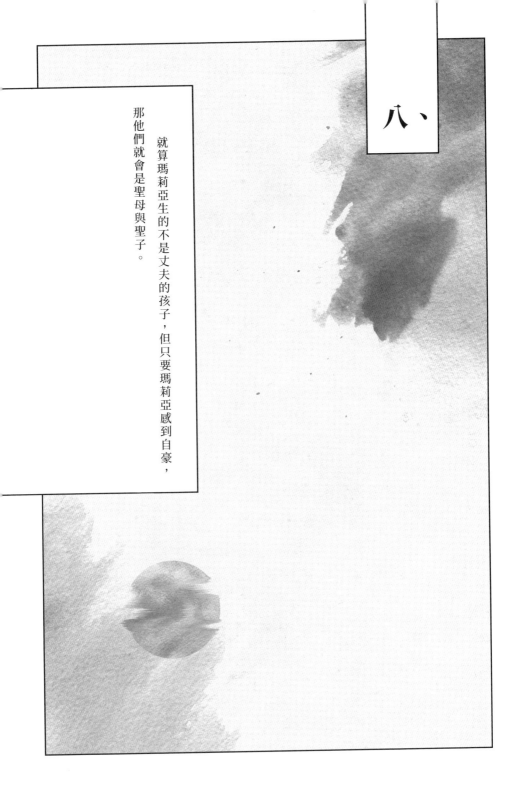

夢。

大家都離我而去了。

為了處理直治的後事，在他走後，我一個人在冬天的山莊裡住了一個月。

接著，我懷著平淡如水的心情，提筆寫下給那個人的信，這恐怕是最後一封信了。

看來，你也拋棄我了吧。不，應該是會漸漸、慢慢地遺忘我。

儘管如此，我還是幸福的。因為誠如我所願，我已經懷上了孩子，雖然現在覺得自己已失去了一切，但肚裡的小生命，總能讓我勾出一抹孤獨的微笑。

我無論如何都不覺得這是個汙穢的失策。直到最近，我終於明白這世上為什麼會有戰爭、和平、貿易、公會與政治的道理，你大概不知道吧？因為你總是如此不幸。讓我來告訴你吧！這一切都是為了讓女人生下好孩子。

我從一開始就不對你的人格或責任感抱持任何期望。我只在乎自己那一意孤行的愛情冒險是否能實現。而如今，我的心願已了，所以現在的心情就像森林的沼澤般平靜。

我覺得自己勝利了。

就算瑪莉亞生的不是丈夫的孩子，但只要瑪莉亞感到自豪，那他們就會是聖母與聖子。

我能滿不在乎地無視老舊的道德，懷上一個好孩子，就已心滿意足。

在那晚後，想必你仍唱著「乾杯歌」和那些紳士淑女們喝酒暢飲，繼續過著頹廢的生活吧！但我不會阻止你，因為那或許是你最後的鬥爭形式了。

把酒戒了，把病醫好，要長命百歲好好做一番大事業……諸如此類冠冕堂皇的場面話，我已經不想再說。比起「大事業」，以「不要命」的覺悟，過著所謂傷風敗德的生活，或許更應該受到後世人們的景仰。

犧牲者，道德過渡期的犧牲者。你、我一定都是這樣的人吧？

革命到底在哪裡進行呢？至少，在我們的身邊，那古老的道德規範仍毫無改變，依舊阻擋著我們的去路，不管大海表面的浪濤如何洶湧，底下的海水，也不為所動躺在那裡裝睡，更別提什麼革命了。

儘管如此，我認為自己在過去的第一回合中，成功地小小壓制了那八股的道德觀。而且，我打算在往後的日子裡，一起和即將出世的孩子迎戰第二回合與第三回合。

生下意中人的孩子，並將他撫養長大，便是我道德革命的實踐與完成。

即使你將我忘了，即使你因酒而喪命，我為了完成我的革命，我都能堅強健康地活下去。

前陣子，我從某人身上領教了許多你人格上的缺陷，可是讓我變得如此堅強的人是你，在我的心中架起一道革命彩虹的是你，給了我生存目標的人，也是你。

我以你為豪，而且，我將來也要讓出生的孩子以你為傲。

私生子和他的母親。

即使如此，我們都要與八股的道德抗戰到底，要如太陽般燦爛地活下去。

也請你，繼續為你的抗爭奮戰吧！

革命尚未起步，根本還沒開啟序幕。需要更多、更多寶貴的犧牲。

現在這個世道，最美麗的就是犧牲者了。

而這裡，已經有一位小小的犧牲者了。

上原先生。

雖然我再也沒有任何事想央求你，可是為了這位小小的犧牲者，只希望你能答應我一件事。

那就是，我希望能讓你的夫人抱抱我出生的孩子，只要一次就好了。然後，在那個時候請容許我這麼說：

「這是直治和外面女人偷偷生下的孩子。」

至於我為什麼要這樣做？關於這點，我沒辦法對任何人說明。不！就連我自己也說不清自己為什麼想這樣做。但為了直治這位小小的犧牲者，無論如何，我都非得這麼做不可。

你一定很不高興吧？即使不高興，也請你忍耐一下。就當這是一名被拋棄、將被遺忘的女人唯一的任性，請你一定要答應我。

M・C My Comedian

一九四七年二月七日

太宰治生平年表／

1909	0	■本名為津島修治。六月十九日出生於青森縣北津郡金木村。津島家是當地首屈一指的大地主、大富豪。父親津島源右衛門曾任眾議院議員，後被選為貴族院議員，算是貴族階級，同時經營銀行與鐵路。母親夕子體弱多病，所以自小他是在叔母及保母照顧下長大。家中本有六男，二位兄長夭折，只剩文治、英治、圭治三個哥哥以及四個姊姊，家中兄弟排行第六，三年後弟禮治出生。
1916	7	■進入金木第一尋常小學。成績傑出。
1922	13	■小學第一名畢業，為增強學業能力，前往近兩公里遠的組合立明治高等小學就讀一年。
1923	14	■三月，父親源右衛門去世，享年五十二歲。 ■四月，進入青森縣立青森中學，寄宿於該市寺町的遠親豐田家。
1925	16	■三月，於《校友會誌》發表《最後的太閤》一作。和同學年的友人發表小說、戲曲、散文於同人誌上。開始熱衷於芥川龍之介、菊地寬的文學作品之中，開始嚮往作家一職。 ■八月，與同學年的友人創立同人雜誌《星座》，發表了戲曲《虛勢》一作，但隨後便停刊。 ■十一月，與文學同好創立同人雜誌《海市蜃樓》，發表了《犧牲》、《地圖》等作品，雜

誌持續到十二號後，因準備升學而停刊。

1927	18	■四月，進入弘前高等學校文科甲類（英語），寄宿於遠親藤田家。 ■七月，芥川龍之介自殺，對太宰治造成很大的衝擊。不久後認識藝妓紅子（小山初代）。
1928	19	■五月，創立同人雜誌《細胞文藝》，以辻島眾二為筆名發表《無間奈落》。
1929	20	■思想上漸受馬克思主義的影響，開始對自己的出身感到苦惱而有服安眠藥自殺的意圖。
1930	21	■三月，畢業於弘前高等學校，並於四月進入東京帝國大學法文科。 ■五月，與井伏鱒二會面，奉為終身之師。 ■六月，三兄圭治去世。 ■十一月，在銀座的酒吧結識女服務生田部，兩人相約在鎌倉郡腰越町海岸殉情未遂，由於田部身亡，因此以協助自殺之罪嫌遭起訴，此事是他終身難忘的罪惡意識，心境凝聚在《小丑之花》中。 ■十二月，與小山初代私訂終身。
1931	22	■二月，與小山初代同居於東京，號朱麟堂，沈迷於俳句之中，漸漸沒去上大學。

1932 23

■因為參與左翼非法運動，而不斷搬家。但於七月時，對左翼非法運動感到絕望，後來向青森警察署自首，正式放棄非法運動，傾心於寫作之中。

1933 24

■二月，開始以太宰治為筆名，發表《列車》一作。

■七月，結識伊馬鵜平（春部）、中村地平、小山祐士、樽一雄等人。

1934 25

■十二月，與津村信夫、中原中也、山岸外史、今官一、伊馬鵜平、木山捷平等人共同成立同人雜誌《青花》，發表《浪漫主義》一作，但隨後便停刊。

1935 26

■二月，於《文藝》發表《逆行》。

■三月，參加東京都新聞社的求職測驗，落選後企圖於鎌倉上吊自殺。

■四月，罹患盲腸炎併發腹膜炎，於此時開始陷入藥物成癮之苦。

■五月，加入「日本浪漫派」，發表《小丑之花》。

■八月，以《逆行》一作，入圍第一屆芥川獎，並開始和田中英光通信。

■九月，因未繳學費而遭帝大退學。

1936 27

■十月，於《文藝春秋》發表《通俗之物》。又因看了川端康成於同誌九月號發表的芥川賞評選一文後，一怒之下於同誌的〈文藝通信〉單元上發表意見，以示反駁。

■二月，為治療藥物成癮，進入芝濟生會醫院接受治療，只住院了一個月，尚未痊癒就出院了。

■四月，於《文藝雜誌》發表《陰火》。

■五月，於《若草》發表《關於雌性》。

■六月，出版首本創作集《晚年》。

■八月，落選期待已久的第三屆芥川賞，心情大受打擊。

■十月，接受井伏鱒二的建議，進入江古田武藏野醫院治病，一個月後痊癒而出院。於同月發表《狂言之神》、《喝采》。

1937 28

■一月，於《改造》發表《二十世紀旗手》，並於同年七月出版同名短篇集。

■三月，發現住院期間，小山初代與小館善四郎有染，在絕望之下與初代至水上溫泉，企圖吃安眠藥自殺未果。回東京後與初代離別。

■四月，於《新潮》發表《HUMAN LOST》。

■六月，出版《虛構的徬徨》、《通俗之物》。

■十月，於《若草》發表《燈籠》。

1938　29

■九月，於《文筆》發表《滿願》。

■十月，於《新潮》發表《姥捨》。

1939　30

■一月，在井伏鱒二夫妻撮合下，與石原美知子舉行結婚典禮，於甲府市御崎町築定居。

■二月，於《文體》發表《富嶽百景》。

■三月，於《國民新聞》發表《黃金風景》，獲選短篇小說大賞，贏得五十圓獎金。

■四月，於《文學界》發表《女生徒》，並於同年七月出版同名短篇集。

■六月，於《若草》發表《葉櫻與魔笛》。

■八月，於《新潮》發表《八十八夜》。

■九月，移居東京府下三鷹村（現東京都三鷹市）。

■十月，於《文學者》發表《畜犬談》。

■十一月，於《文學界》發表《皮膚與心》。

■奠定了新進作家的地位，發表的作品也愈來愈多。於一月，開始連載《女人的決鬥》、《俗天使》、《鷗》等作品。

■二月，於《中央公論》發表《越級控訴》。

■三月，於《婦人畫報》發表《老海德堡》

■四月，出版短篇集《皮膚與心》。於《文藝》發表《追憶善藏》。

■五月，於《新潮》發表《跑吧！梅洛斯》。

■六月，出版短篇集《回憶》、《女人的決鬥》。於《知性》發表《古典風》。

■七月，於《新風》發表《盲人獨笑》；於《若草》發表《乞食學生》。

■十一月，於《新潮》發表《蟋蟀》。

■十二月，於《婦人畫報》發表《小說燈籠》。以短篇集《女生徒》獲選北村透谷紀念文學賞。

■因前半年所發表的《越級控訴》與《跑吧！梅洛斯》被譽為名作，受邀演講的機會增多，曾於東京商大以《近代之病》為題發表演說，亦於新瀉高校演說。

1941 32

■一月，發表《東京八景》、《佐渡》、《清貧譚》等作品。

■二月，開始執筆長篇小說《新哈姆雷特》，並於五月完成，七月發表。

■五月，出版短篇集《東京八景》。

■六月，長女園子誕生。於《改造》發表《千代女》，並於同年八月出版同名短篇集。

■八月，探訪十年未歸的故鄉金木町。

■九月，太田靜子與友人初次造訪太宰治的住處。

■十一月，於《文學界》發表《風的來訊》。收到徵兵單，但因肺部患有疾病而免役。

■十二月，於《知性》發表《誰》。出版《越級控訴》限定版。十八日，太平洋戰爭開打，執筆《十二月八日》。

1942 33

■一月，於《婦人畫報》發表《羞恥》。

■四月，出版短篇集《風的來訊》。

■五月，於《改造》發表《水仙》。出版短篇集《老海德堡》。

		▪六月，出版《正義與微笑》、短篇集《女性》。
		▪十月，發表《花火》，但全文遭到刪除。（《花火》於戰後改名為《日出之前》）
		▪十月，收到母親重病的通知，與美知子和園子返回老家，十二月母親夕子去世（享年七十歲）。
1943	34	▪一月，為了亡母的法事，與妻子結伴返鄉。發表《故鄉》、《禁酒之心》。出版短篇集《富嶽百景》。
		▪六月，於《八雲》發表《歸去來》。
		▪九月，出版《右大臣實朝》。
		▪十月，完成《雲雀之聲》一作，但有無法通過審查的疑慮，所以延後出版日期，隔年準備出版之際卻遇上空襲，全化為烏有。兩年後發表的《潘朵拉的盒子》則是以此作品為基礎創作而成。
1944	35	▪一月，於《改造》發表《佳日》，後來由東寶電影公司將《佳日》拍攝成電影。
		▪三月，於《新若人》發表《散華》。

- 五月，於《少女之友》發表《雪夜的故事》。為創作《津輕》一作，而探訪津輕地區，之後於同年七月完成，十一月出版。
- 七月，前妻小山初代病逝（享年三十二歲）。
- 八月，長男正樹誕生。出版短篇集《佳日》。
- 十二月，受情報局與文學報國會之託，創作描寫魯迅留日生活的小說，開始研究魯迅。

1945 36

- 二月，完成魯迅傳記《惜別》，於九月由朝日新聞社出版。
- 三月，在空襲警報下執筆《御伽草紙》，並於同年六月完成，十月出版。三月底妻子回娘家甲府避難。
- 四月，位於三鷹的住處遭遇空襲，房屋部分毀損，因此前往妻子的娘家避難。
- 七月，妻子的娘家遭受炸彈攻擊全毀，帶著妻小返回老家津輕。
- 八月，日本宣布無條件投降，第二次世界大戰落幕。
- 十月，於《河北新報》發表《潘朵拉的盒子》。

1946 37

- 戰後更加活躍於文壇，並參加了許多座談會。

■一月，於《新小說》發表《庭》。

■二月，於《新潮》發表《謊言》。

■三月，發表《已矣哉》、《雀》等作品。

■四月，於《文化展望》發表《十五年間》。

■五月，芥川比呂志為《新哈姆雷特》於思想座上演的許可登門造訪。

■六月，發表戲曲《冬季的花火》，原於十二月時要在東劇上演，但遭麥克阿瑟禁演。出版《潘朵拉的盒子》。長男正樹罹患急性肺炎，經歷了生死交關。

■七月，祖母去世（享年九十歲）。

■九月，發表戲曲《春天的枯葉》。

■十一月，於《東北文學》發表《訪客》。

■十二月，發表《男女同權》、《摯友交歡》。出版短篇集《薄明》。

1947

38

■一月，於《群像》發表《鏗鏗鏘鏘》。

■二月，前往神奈川縣拜訪太田靜子，滯留了一周左右，借走靜子的日記後，前往田中英光的避難地伊豆三津濱，開始執筆《斜陽》。

■三月，次女里子誕生。結識二十八歲的山崎富榮。發表《母親》、《維榮之妻》。

■四月，於《人間》發表《父親》。

■五月，於《日本小說》發表《女神》。

■六月，完成長篇小說《斜陽》，並於同年十二月出版。

■七月，出版作品集《冬季的花火》。

■八月，出版短篇集《維榮之妻》。

■十月，於《改造》發表《阿三》。

■十一月，與太田靜子生下一女，取名為治子。於《小說新潮》發表隨筆《論我半生》。

1948

39

■一月，發表《犯人》、《招待夫人》等作品。

■三月，發表《眉山》、《美男子與菸草》、《如是我聞》。開始執筆《人間失格》，此時隨著肺結核惡化，身體極度虛弱甚至開始失眠，時常吐血。

- 四月，於《群像》發表《候鳥》。
- 五月，於《世界》發表《櫻桃》。
- 六月十三日深夜，留下遺作《Goodbye》的草稿，以及數封遺書後，與山崎富榮一齊在玉川上水投河自盡。於十九日，生日當天發現遺體。二十一日在豐島與志雄、井伏鱒二主持下於自宅舉行告別式，葬於三鷹町禪林寺。
- 七月，發表《Goodbye》，出版《人間失格》、短篇集《櫻桃》。
- 八月，於《中央公論》發表《家庭的幸福》。
- 十一月，出版散文集《如是我聞》。

日本經典文學

斜陽

しゃよう

日本經典文學 : 斜陽 / 太宰治著 ; 周敏珠譯.
-- 初版. -- 臺北市 : 笛藤, 2019.08
面 ; 公分
ISBN 978-957-710-764-0(平裝)

861.57 108010446

定價280元 初版第3刷 2023年5月29日

著者	太宰治
譯者	周敏珠
總編輯	洪季楨
編輯	陳亭安
編輯協力	黎虹君
封面設計	王舒玗
內頁設計	王舒玗
發行所	笛藤出版圖書有限公司
發行人	林建仲
地址	台北市中山區長安東路二段171號3樓3室
電話	(02)2777-368
傳真	(02)2777-3672
總經銷	聯合發行股份有限公司
地址	新北市新店區寶橋路235巷6弄6號2樓
電話	(02)2917-8022·(02)2917-8042
製版廠	造極彩色印刷製版股份有限公司
地址	新北市中和區中山路2段380巷7號1樓
電話	(02)2240-0333·(02)2248-3904
印刷廠	皇甫彩藝印刷股份有限公司
地址	新北市中和區中正路988巷10號
電話	(02) 3234-5871
郵撥帳戶	八方出版股份有限公司
郵撥帳號	19809050

◆版權所有，請勿翻印。◆
© Dee Ten Publishing Co., Ltd. Printed in Taiwan
◆本書裝訂如有漏印、缺頁、破損，請寄回更換。◆